倡导诗意健康人生　为诗的纯粹而努力

中国诗歌

CHINESE POETRY

2021年度网络诗选

主 编◎阎 志

长江出版传媒
长江文艺出版社

图书在版编目（CIP）数据

中国诗歌. 2021年度网络诗选 / 阎志主编. -- 武汉 : 长江文艺出版社， 2022. 3
ISBN 978-7-5702-2472-2

Ⅰ. ①中… Ⅱ. ①阎… Ⅲ. ①诗集－中国－当代
Ⅳ. ①I227

中国版本图书馆CIP数据核字(2021)第261247号

责任编辑：王成晨　　责任校对：毛季慧
装帧设计：叶芹云　　责任印制：邱　莉　王光兴

出版：长江出版传媒　长江文艺出版社
地址：武汉市雄楚大街268号　　邮编：430070
发行：长江文艺出版社
http://www.cjlap.com
印刷：湖北新华印务有限公司

开本：880毫米×1230毫米　1/32　印张：10　插页：4页
版次：2022年3月第1版　2022年3月第1次印刷
行数：6783行

定价：39.00元

《中国诗歌》编辑部
武汉市江岸区惠济路3号卓尔书店　　邮编：430000
发稿编辑：刘　蔚　熊　曼　李亚飞　庄　凌
投稿信箱：zallsg@163.com
电　话：027—61882316

目录

诗人作品选

中国诗歌网推荐精选

2021 年度网络诗选

诗人作品选

麦豆

“80后”，现居江苏南京。曾获汉江·安康诗歌奖、紫金山文学奖等。参加《诗刊》社第30届“青春诗会”。出版诗集《返乡》《在皇冠镇》。

麦豆作品选

诗　人

空调在窗外
制造雨水。
晴朗的天气里
我想到久违的上帝。

寂静的楼栋间
因为有水滴滴在铁板上
而更像人世——

人群中始终有这样一类人
他们借助于想象
便可以发芽，开花，结果

他们活在人群中
像一棵棵绿色的树

相　聚

与你们相聚在人间
说说话。真好。

你们不在，我就跟
一只天鹅说。跟一位天使说。
跟我的妈妈说说。

她们不在，我就跟
右手的墙壁说。桌子上的一本旧书说。
跟一张白纸说说。

我们来到这个世界
多么像一束束光啊
至今不肯熄灭，照着夜行的灵魂

我们是懂得孤独的
我们不仅懂得孤独
还懂得不朽的事物是太阳和玫瑰

母　亲

在异乡的房间里
读书，在异乡的广场上

跳舞，在异乡的广场上

散步。踩不出一个脚印
每天，似乎都来去无踪
母亲，独自一个人散步

在黯淡的阳台上，读书
戴着眼镜读书，与陌生人
跳舞。独自一个人跳舞

在租借的二楼，母亲用煤气
做饭。啊，母亲，凿开四壁
我看见你，正担心煤气爆炸

下雨的老天爷

一棵树，我们长时间不给它浇水
老天就会下雨。

老天让一棵树活下去
同时，告诉我为何而活

我们活着，应该使
一棵树看上去像一棵树
一个人看上去像一个人

乌　鸦

一只乌鸦飞进树林
一个词消失于另一个词之中
自由的乌鸦，再无从寻觅

它带着光飞进树林深处
熄灭光之后，它栖身黑暗
再次变回一只乌鸦

内心的恐惧仍在
胃里的饥饿仍在
我知道它会从黑暗中再次飞出

一只羽毛全黑的鸟
没有名字，我称它乌鸦
它在马路边的树林里飞进飞出

流　水

在马路边
一块铁质格栅下
我看见了黑色的流水

从我们生活中流出的水

穿过人群的水
没有升入天堂
被改变了颜色的水

黑色，我们生活被洗去的
部分，紧紧粘在它身上
变成了它的血液——
使我想到洁净之物的命运

如果不是在马路边等人
世上最爱的那一个
我不会听见流水的哭泣声
滴滴答答
像一个人的眼泪

林一木

1978 年生，宁夏固原人。有诗歌散见《人民文学》《诗刊》《青年文学》《朔方》等刊，并入选多个重要选本。著有诗集《不止于孤独》《在时光之前》。曾获首届贺兰山文艺奖、首届黄河文学双年奖等。

林一木作品选

致　你

深秋，高处的松果不再坠落
你的哀伤与日俱增
言说过爱的人撕下了面具
那不是苏美尔人的，也不是埃及人
凯尔特人、波斯人、古中国人的面具
拥有面具的人并非面貌丰富
只因面无表情——
或许他们掌握了一定的秘密
由此练习蹩脚的分行和长生术
像走在钢丝绳上的人渴望月亮
事实上那不是月亮
也不是镌刻狮子和三棵树的蓝宝石戒指
那是一枚拜占庭金币
或四方通宝，它是他们额上的镜子
这些依然无法构成诗歌
秋日随风而来
你开始使用平凡的语法
记录时日，我无法知晓你在陈述里含有

怎样的意义，你的笔下是否有
泥沙将龟壳凸起
是否有雪山重聚
大陆漂移

一个对话

你不必感伤
对着镜子一再讲述光线明亮的时刻
那不过是一场雨
太阳的白光里有来自祖先的记忆
战争把雨中的铜剑挖出来
你用它做手杖
依靠亡灵的指引走过山脉、家园、战场
——峰脊折射沉默的白光
白光成为河流
你敲开沿途的石头
从冰冷的内部取暖
一些被毁灭的火焰，一些信仰的红花，
蜿蜒的云彩从窗前流过
被雪填满
你站在窗前望着它们
那投下的云翳是神的双眼
广阔地覆盖着一个
失明的世界

当你将手伸向我

当你将手伸向我
水变成了土，当你再次将手伸向我
土变为垂柳
过于漫长的是勇敢的风的流动
你的长发
你透明的身体
成为摇曳的遥远的光
我把双手举过头顶礼拜你
河水推动山冈向前，火焰日复一日
变作我们身下的埃土
永不枯萎的是你穿过流水
托住红色花茎的手，你的唇亲吻水
像进入一个又一个艰难的
生活的具象——
面对每一个轮回的时刻
你都将手伸向我
在花园里
将花粉变为蜜

记　录

这深重的悲哀不可言及
秋日储藏的树叶燃烧，沸腾，

在风中蜷曲着身体
火是沉默，是金
是一头狮子沉入发光的紫叶李
这排山倒海倾倒蓝柠檬酸的榆叶
这凉风吹落的
黄河的大泪
苍天在历史深处擂鼓
这深重的悲哀不可言及

温　度

除了秩序还有温度
树木，山脉，指针，眼波的折射
海浪和海浪的和声
在一朵红花的排列里你发现万物
并热爱，你为之敢于走夜路
并走得更远
以手带着活的词语书写
像石匠把发烫的石头与沙子投入水中
搅拌，凝固，
建造宫殿
你一遍遍丈量地基与太阳的角度
墨线静止于正午
两点间直线最短，曲线最美
木匠高举铁锤为你嵌入
黄金楔子，一些冷血环绕在你身边
像饿虎匍匐在窗外

它们也有植物般的秩序
在森林里静修，会说爱
饥渴使它们忘了体内冰凉的基因
同样来自岩浆的沸腾

一个时刻

雪的缱绻属于少数派
更多被遗弃的猫、冻毙的狗
用后即弃的人，
风送来一枚潮湿的银杏叶
它把它放在红窗台上
你坐在窗边等雪
你用双手捧过那洁白，吻过那融化
爆炸，电流与磁铁，
埋入松下的人事和细节就不必再说了
清晨我用雪给你写信：
期待与光明唯一偶然的相遇
老虎的温柔
猫的自由
沿时间的河岸走向你
我有第二个大客厅向你敞开
像第一次那样敞开接受你
沉吟而肥沃的河泥
潮湿的岸
凸起的草绿

词语的苦衷

你不必化身枯叶蝶
不必为猫的胆怯和敏感哭泣
炉火熄灭，你不必为挽留火写下
匆促、悲伤的文字
树木成灰自大地重生
星星经过白昼挂在夜空
作为伟大的你在寒夜燃烧并不朽
你为圆形花朵涂上色彩
你往我口中注过蜜
你和我创造了世界最重要的部分
连续或断裂的线条
旋转，相拥，
成为一首诗，
落花通往黎明的另一叶小舟
而词语的苦衷多么艰难
它是我多年的言不及义
我的欲言又止
是你融化了我体内的盐、铁、
钴和泪的结晶

管一

“70后”，江苏睢宁人。作品散见《人民文学》《诗刊》《诗歌月刊》《扬子江诗刊》等数十家文学期刊。出版诗集《一粒苏北的粮食》等三部。

管一作品选

鸽　子

更多的时候　鸽子总是在梦中出现
它给夜晚带来安详　或者
在你的耳朵边放上几粒咕咕声
会让你一扫白天的不安
它能看穿世人的心
并把一些阴鸷的目光传递给善良的人
是的　从清晨飞过你的窗前时
它就用闪亮的羽毛擦洗你
并与你分享每一个眼神
鸽子永远不会与你分离　当你迷茫
鸽哨就是你的引路者
当你幡然醒悟过来
你的瞳仁便会飞出一大群白鸽

墙　壁

一开始只是一层纸　似乎能看得清

对方的影子　似乎吹弹可破
后来　不外乎是几句话
不外乎是忽略了对方的一次惊悸
开始有风起于青萍之末
一些沙子便随风而来
一开始眼睛是脆弱的
甚至容不下最细小的沙子
当爱变得迟缓　即使隔着一层纱
也将视而不见……此刻
两具疲惫的身体像极了浇灭的火堆
他们彼此看见了一堵墙
冰凉　且牢不可破

入　化

不要期待瑜伽垫上的软体动物醒来
只会离你更遥远。危险的事物
从来都是按兵不动
即使隔着一层钢化玻璃
那光芒足以使坚冰融化
此刻只有屏住呼吸是安全的
所有的立场都该忽略不计
不要相信世间的逻辑性
看着她慢慢伸展
有时比猫更加不可理喻
可以倾听到骨缝里的风
也可以窥视来自深渊里的沼泽

但不可以身去试探它的锋利。

猫

彼时的咖啡馆是寂静的
黑暗正在吞噬最后一颗星星。
此刻的镇定不见得就是假象
他内心涌动的潮水
早就被一大片沙漠抽干
她那闪动的睫毛　逼迫他
退回坚硬的盔甲。是的
不能过于接近一只猫
她属于黑夜　而非某个人的梦境
远离她的肢体
包括内心移动的群山。让一只猫
回到柔软　回到她警觉的喘息

相册

打开它的瞬间　实际上是
把自己又搬运了一次
猛扑上来的群山　熟稔的面庞
需要彻底腾空自己
把走失的部分再一次喊回来

仿佛是一个守口如瓶的家伙

它会把所有的喜悦还原成黑白
而那过滤掉的彩色
只负责让梦留下些许斑斓

至于那些已经消失的亲人
他们躲在角落里愈加显得庄重
他们接受后来者的问候
也坦然接受后来者的遗忘

你与一首诗

一团字抱紧了就成了一首诗
而更多的时候　它们都是落单的孤雁
飞着飞着就掉出了队伍
就像你总是形单影只地在路上
眼前晃过队伍的影子
你却无动于衷。你是一首诗中
一个陌生化的字眼
你远离的时候　它们是抒情的
当你进入　它们便佶屈聱牙
你是一首诗的外一首　或者
你就是那位拒绝拥抱的人。
更多的时候　你只与自己拥抱
包括与你形影不离的影子
你也是给它一脸的冰凉。

风　语

一位善于在风中捕捉信息的人
一定会在内心喂养一只猛虎

那偶尔伸出的利爪
除了抓伤无辜者
也一定把自己抓得支离破碎。因此

他更倾向于听从一些鸟语
比如摇着尾巴的花喜鹊　再比如
更擅长无事生非的黑乌鸦
他们彼此惺惺相惜　又相依为命

一阵风起。他是那么的孤单
甚至找不到哭泣的理由
因此他要么缴械　要么继续
在漆黑中武装自己。

吴小虫

1984 年生，现居四川成都。2004 年开始写作发表。参加《诗刊》社第 36 届“青春诗会”。出版诗集《花期》《一生此刻》。

吴小虫作品选

转身（节选）

1

依我的性格与才地
就适合去山中做个野僧
和那些花草一样，无名
自然地生死。为一件事来
靠给死者守墓得几个零钱
为一件事去，常常
斜倚墓碑，喝到高兴处
敞胸露怀亲吻树的脖子

有往来之朋，一个死了老婆
一个，并不知过往经历
附近的山洞都去看过了
哪里兔子经常出没，哪里泉水
可洗濯耳朵、眼睛和心
最喜日出日落，盛大、壮丽
而经常无端透明隐身

怀想谁？长久凝望匍匐痛惜
内心轰响的唯一著名

但我现在还没有转身
侧耳倾听，人世的墙壁轻敲

2

就像去买袜子
总要在货架前挑很久
你弯下的腰弓起的背
因长久注视日常
无形之眼的冷淡阴影

而我受制于规则之爱
翻腾、奔涌、溅洒
想像杯子使劲儿摔碎自己
这才是一个人远离人群
露水中保持完整
映射——鸽子在房顶走动
门，轻轻就合上了

3

要原谅自己
一支放在盒子里的洞箫
在那一刻，盒子
不是事物的反面

谁如此愤怒，高贵

在另一刻变换着脸谱
这时代的泡沫，我早已看惯

夜里翻看旧书
还有梦。虚无感却来自
一次性快餐和纸巾，一次性的
全扔进了垃圾筐里

打碎怀抱。重新计算
山河、每一个人
对不起我们根本没有
——可能

看见袜子没洗
我还站在自己风雪的门外
等待推开进入

劝　慰

词不达意。问题
不知是生活还是诗歌
一只小橘猫
还是快要亮了的清晨

时间推动，浮冰
而我信奉着燃烧
在低头弯腰的劳作里

并不等同于果实

见过自然的盛大
风吹四野，松影摇动
蒲公英的种子低空滑翔
乌鸦叫了一声

出于自性的地球
何时有了灰色的担忧
怀抱有情世界众生
面容冷淡平静

如果能从地平线
抬高一眼看去
依然是一只橘猫
入夜，流水和在流水中

在意义的……

马拉美题赠卢曼尼小姐
暂时放弃了象征
其美丽容颜和自然明媚的
笑声。大于语言与思想
诗的一次主动投河

白居易题赠定光上人
他被另一种行为美学所攫取

吾怎么还有这肉身，吾
一直在眼睛所见耳朵所闻的
深渊

当代稍微差些。游戏精神
实用主义，且缺少古典中正之风神
在意义的口子上再敞开
整个上午中道街之日常图景
咀嚼、消化、排泄

站立起来，作眺望的样子
刀锋朝向谁人
另一端向世界更深处
如泥鳅横陈盘内，翻滚的火锅
不断试探不断融入

鲍照《行路难》之六

满桌子的佳肴美酒，竟然毫无胃口
我和案几像两个互相怄气的
最后我怄不过它，起身拔剑
却只能击打在窗外的柱子上
柱子，为我发出声声的叹息

天地生我，父母养我
七尺男儿从这个门进去又从那个门
出来，晋北方言把这个叫“打出逛进”

转眼已而立，有时也会摸着脑袋想想
一生，还有多少时间呢

小碎步行走，低头颔首
河流因逼仄小道而成为小溪
鹏鸟因绳索缚手而垂下羽翼
猎物竟然再也没有阴影的面积
像一张网撒下

现在我是猎物。紧抓着的只能放下
做出一种松弛的状态
回到食与睡，回到血与水
早上沿着在蒿草掩埋的小径
蒿草在傍晚为小径仰起头来

圣贤都有根又细又脏的尾巴
拖着地走居然也成了一种时尚
我是不知不觉长了这条尾巴
就姑且在叹息的烟中体会一下他们
我还有个同样境遇的堂弟，叫孤直

李见心

1968年生，现居辽宁锦州。中国作协会员。曾参加《诗刊》社第21届“青春诗会”。著有诗集《初吻献给谁》《比火焰更高》《李见心诗歌》等。

李见心作品选

海

就那样平坦的一摊
像被欲望煮沸的床单
你想掀开来看吗？
表面就是深渊

就那样平坦的一摊
像被想象烙熟的大饼
你饥渴可是吃不下
余光已被拓宽

就那样平坦的一摊
却长出最陡峭的刀山
你等待刀尖很久了
血已被洗蓝

逃　离

从那个日子开始
所有的日子围困我
为了摆脱日子的折磨
我必须从那个缺口逃生

我逃离天空
天空开出痉挛的花朵
我逃离深渊
深渊涨满泥泞的星星

我逃离人群
人群变成一种幻觉
我逃离爱人
爱人变成一种假象

我逃啊逃，想逃出自己
变得比乌有还干净
可那个日子却钉死了我
锈蚀成黄金的人质

多么孤独呀

多么孤独呀，才会寻找另一个孤独

本为消灭孤独
反而让孤独增倍

多么孤独呀，才找到一群孤独
本想融化孤独
反而被孤独淹没

多么孤独呀，才会生下另一个孤独
让孤独成为遗产
代代相传

多么孤独呀，才会把秘密封进树洞
时间竖着耳朵在倾听
多么孤独呀，才会让野心穿越虫洞
空间弯着嘴在诉说

多么孤独呀，才挥舞日月的皮鞭
把羊群一样的星空
抽打得更加灿烂

心　碎

心碎如果叫不醒冰冻的大海
我就不愿成全它
那一次次自身的淘洗
闪烁钻石的伤口

（我愿它是动物性的
而不是植物性）

心碎如果震不动冷漠的星空
我就不愿信仰它
在爆破的时空里又添一把火
我们成为宇宙的后遗症

（我愿它是人性的
而不是神性）

心碎如果不是一粒种子引爆春天
我就不愿迷恋它
那花朵的盛开是花心的碎裂呀
一生我只对裂帛的声音上瘾

（我愿它是植物性的
而不是人性）

风

风摔打着我的门窗
像一个人摔打着我的思念
谁能忍住风
谁就能忍住疲倦的一生

声音也能杀人

就像思念最能蚀骨
在失眠的梦里
一寸寸叫醒孤独

听，沙子在暴动
石头在涨潮
飞到鼻尖的高度
掀起头发的愤怒

其实我不是怕风
而是怕风带来的多余的事物
本为消灭差距
却加深了差距

其实我们也是风
或唤醒风的墙壁
我思念你，只是想让你把我带到
风惹不起尘埃的地方

沙马

1958 年生，现居安徽安庆。出版有诗集《沙马诗歌选》《解读沙马》《某些词的到来》《回家的语言》等。

沙马作品选

雨　衣

父亲死后，他的一件雨衣还笔直地
挂在客厅的墙上
现在，墙上出现了人的痕迹

客人们来了，都好奇地朝这件
雨衣看了看，然后
眨眨眼，笑笑，也不说什么

有一天，我想将这件雨衣取下来
折叠好放进储藏室
母亲说，就挂在那儿，这家伙喜欢热闹

很多年过去了，雨衣还挂在墙上
斑斑驳驳的样子
像是一个疲惫不堪的灵魂

扶起倒在地上的锄头

他们弯下身子扶起倒在地上
的锄头，握在手里
将皖河两岸的土地翻耕了一遍
散发出好闻的气味
然后他们抬起头彼此笑笑

不一会，鸟儿们飞了过来
我也来到这儿
看着他们把一粒粒
种子，巧妙地置入泥土里

我站在他们的铁锹旁
也咧开嘴巴笑了起来
觉得他们干的活儿
比起我把一个个
文字放进诗歌里要艺术得多

晚　安

黑夜落下，世界辽阔，我已经
没有能力显现出
更多的事物，也没有能力
进入更深的内心

此刻，我唯一想做的
就是把远方的父亲接回来放在
母亲的身边。这样
我才能转过身向这个
世界招招手，道一声：晚安

一粒米的光芒

我是一个热爱物质的人
你们的，他们的，所有的物质我都
热爱。我相信有一份漂亮
的物质，就会有一份漂亮的精神

噢，朋友，如果我说物质
是精神的父亲
你相信吗？是的，我
相信，一粒米的光芒能够照亮山河

朋友来访

我的工作室在一个桥头下面
每天上午都能看到送葬的
人群从桥头下经过。这对我来说是司空
见惯的事。朋友来访就不想
遇到这样的事。但现实有它自身

的样子。朋友站在
桥头下面大声喊我，我将头探出
窗外说：伙计，进来吧
他进来后，喘了一口气
说他是从送葬人群里穿过来的
是不是有点儿晦气？
我说不，死与生是一样的
他似乎还没有释然，建议我把工作室
搬到一个听不到哀乐的地方
为了彼此间的友谊，我点了点头

今天，我想好了

今天，我想好了，不需要你们的
言辞。不需要你们
的礼物，也不需要你们
所说的幸福，今天，我想好了
自己陪伴着自己好好
活下去。今天，我想好了
为了快乐，减少思想
减少写作，减少朋友圈，减少私信
今天，我想好了，抛开所有
只身一人自由自在地游荡
今天，我想好了，去一个无人
知晓的地方，整理出
一块空地，埋葬
曾经的一切，再好好地重新活一次

生活的安慰

天麻麻亮，母亲就开始了她的劳作
这是生活的安慰，也是我
放弃思想的时候。我的手跟着
母亲的手一起开始接触
具体的物质，接触我们所需要的东西
日子就渐渐亮了起来
她在自然中让我远离了空虚
干完了活，回家的路上，母亲也会
把一样东西放在我的手上
不让我空着手进入现实
她认为与生活有关的
工具都是一个神。我胆怯的
语言，跟在母亲身后慢慢地成熟

李自国

1959 年生，现居成都。出版有诗集《第三只眼睛》《告诉世界》《生命之盐》《行走的森林》等 14 部。作品曾多次获奖，并入选百余种选集。

李自国作品选

鸟　道

你的枝条
是一条狭窄的鸟道
芒刺伸过来
世界已经弥漫
鸟清楚落叶下山的时候
脱落的羽毛在你头顶啼叫

飞翔的姿态
是鸟翅擦破苍天的感叹
鲜血流出来
红太阳躲在一边
鸟的位置
该留给发怒的森林了
看见东方红得动人
枯藤四面逃窜

世界像一株待伐的橡树
挂在树上的小屋

惧怕攀缓又怕黑暗
一声金质鸟叫
将人蹉跎成冷箭
鸟语是盾牌
布满血迹的人道
从天空里站起来

十　年

此刻正穿在我身上
一片暗褐色的斜阳
一个无比美妙的烙印和联想
迅速的秋天明亮如风
越过森林、河流、燃烧的墙
每一瞬间都祈祷着表情晴朗

倘若能像微黄的灯火
垂青于枯叶唱尽的秋风下
寻到母亲从前生长黑发
成为人类古老栖居的愿望
那么对于琥珀的我，在本质上
你整个一生交代
都泪满那张满怀慈悲的脸庞
然而鸟与世界相处
有过一段梦的流浪
谁的凄恻？谁的内伤
谁？曾经偷偷逃过它羽毛

乱如风中的意象，想飞
又将新鲜的事物相珍藏
也许我们将永不知道
瞥见了真理的路，在年少旅途
斜阳卷拂的日子特别漫长

墙

这条街很长很长
很长的老街有堵墙
墙缝里留下两个阴影
每晚，闪出宽淡的光

当墙的中间
睁开一双绿色的眼睛
当无望的小巷
撑开一双记忆的手掌
两个阴影私奔了
路，很响很响

这个城市有很多洋房
这个城市的街民是洋房
但街民与街民之间
都是擦肩而过的墙

很多年很多年过去了
朝着两个阴影消失的地方

一对瞳仁，回眸老人的手语
在古墙根里，永不凋谢地怒放

恶循环

树是静，鸟是动
人在静与动中超然世外
水是海，鱼是帆
船在海与帆里二律背反

太阳和月亮不可能同时出现
人与神不能同住一个房间
山上有许多影子，浮现出亿万光年
鱼曾上岸，海底形形色色的足迹
如藻类如心之苔藓，如精卫
下凡于东海

在这恐龙绝迹的时代
在这神人同源的祖先
有鱼的影子鸟的影子阴阳相混的
影子，使陶罐里的母系类
游——出——来
万事万物都在有限与无限中结束
万事万物都在永恒与短暂里出现
盛极一时的恐龙们
又会从千百年的沉积层爬出来？
人类，该回到古海该靠向彼岸？？

——我会下蛋吗???

竹的情绪

从古诗里探出头来
以高风亮节自居
现代人写诗常因砍竹子遇节
竹在千里心在竹下
无诗可写才疯狂吻你洁身自好的童养媳

其实山风也有灼灼闪闪的眼睛
既是衣带渐宽终不悔隐士隐居篱笆内
一片悠哉悠哉的竹叶缤纷
也能占卜满朝落叶的历史

朋友们爱给你开玩笑
爱拉扯住房、老婆、就业
五斗米折腰之内的话题
面对一座假山公园一盆塑料竹
又会节外生枝一串串
嘴尖皮厚的情绪

向武华

1968 年生，现居湖北武穴。著有诗集《流》《平行与碰撞》。曾获多种诗歌奖。

向武华作品选

向阳村

在一座湖边荒凉的村里，他们还种菜
保留着最古老的方法，用稻草灰给韭菜
施钾肥，用夜晚马桶的尿给牛皮菜施氮肥
“这些老人”，说这些老人，其实有时就是一个人
在下午去井里打水时，像一位贤者
以江湖为镜，照照自己散淡的面貌
一辆白色的小车停在樟树下，车身上落满了
树叶、细小的枯树枝。两三只树鹨的鸣叫
并不优美，但足以引起你的注意
因为再没有其他更突出的声音。除非你在
听你自己的心脏，或者耳朵贴上一棵竹子
你能听到嗡嗡的风声，或者你干脆俯到地面
会听到“寂静”本身在泥土中发出古怪的声音
湖水涌过一片青色的天空。这个下午
你一定看不到，一个年轻人打开车门
把那辆白色小车开走，沿着湖边红色的小路

荷叶林村

湖水反射着傍晚的红光
老仓库的墙头，一棵乌桕发出哗啦啦的溪水声
它还没有完全被点燃，有的叶子红了一半
有的叶还是青的。金乌也是如此
含着半块古青石的清凉
在绵长的阴影中，晒场上
有五个孩子在跳绳子
两个人在甩绳子，一个在数数
一个在弹跳。还有一个在排队，等待
她有些羞愧，也有委屈
哑巴在呼喊，山垭的灯亮了第一盏
在月光中回家的孩子，一身汗水
她的脚板是那么热，那么烧
而周边的山色已下沉到夏商的某年某日

黄泥湖村

在一个僻静的村庄，我越来越接近那些沉默的
事物。一双牛眼，它像一口古井保持了最原始的
清澈。这是疯狂的人类无法破坏的，无法投毒的，
牛头上的两口古井。我试图接近，希望看到
两口古井中的涟漪，实际上，它更像两块琥珀
有着彩色的黑，有着凝固的意志和绚丽之美

牛背鹭似乎已习惯了这牛眼中扩散开的清澈
作出回应，她白色的翅膀，如同两朵出水的芙蓉
让人想入非非。在黄泥湖村，是不是有高洁的隐士？
洁净需要忍受。一头黄牛轻易做到啦，而两只
牛背鹭有点不同，她全身的白是不是过于夸耀
隐于泥淖的牛腿更像真象
洁净不是一种言说，不是轻浮的飞翔。寂静中
隐藏着辩论，在空气中振荡
我是不是接近了那些沉默的事物，仍然值得怀疑

前郭村

我的姐姐嫁到黄梅县，我去她的村子时
要经过前郭村，那个村子有个大龙凼
淹死过人，凼里的水很远就反射着凛冽的光
我加快脚步。我加快脚步时，好像后面
跟着一个人，有时我甚至会小跑起来
如果乡村放电影，电影结束后
开始我们一大群，影子投在苍白的屏幕上
快到家门时，我们都必须单独分开
有一小段路，会让人特别害怕，我看到了
那水中凛冽的光。有一段时间
家里来客，说到前郭村的那个老人
已瘦得只剩下一把骨头，可能不长久了
人凭什么活着，就凭一身肉呗
父亲生病时，一直不相信自己会死
他说，我这一身肉都好好的，不像前郭村

那个老人，不到二三十斤。但是父亲
说错了，人并不是凭一身好肉活着
人会瘦着死去，也会胖着死去
关于死亡，每一个村子都会流行很多说法
最惊悚的说法是，有人看到了死者的灵魂
灵魂是瘦是胖，无人描述

中桂村

风沙掩埋的村庄
树叶掩埋的村庄
大雾掩埋的村庄
都不是。我看见的中桂村
秋天快要结束，银杏树像一个
巨大的淋水喷头，在晚风中
激凌凌地喷洒着金粉，不停地啰唆
我也跟着啰唆
这金色的喷泉，从头到脚
浇透了我。这生离死别
胜过人间多少喜悦
我忽然有点理解，菩萨
为什么是金身的。现在，我眼前的
银杏何异于一个寺庙？
中桂村的人可以膜拜这落日中的银杏
它就要缓缓升起，光芒万丈

芦河村

每家每户都有灰色的木花栅栏
每家每户都种太阳菊
他们有共同的地方，都在芦河里
淘米，洗衣服，抹身子
他们有共同的地方，木讷，善良
秋天，对他们来说
无异于一个美丽的节日
他们不用上山，在山脚下的石桥边
就交换了他们的喜悦
河床裸露，全是光洁的鹅卵石
溪水在石缝中间穿来穿去
云絮也在石缝中间穿来穿去
所有的鱼都是透明的，都在飞翔
不用争辩，在这里没有争辩
不要问我，我怎么知道
这些鱼是快乐的，我所知道的
真的不想太多。美好让我眩晕

丁东亚

1986年生，祖籍河南，现居武汉。有作品在《人民文学》《花城》《钟山》《山花》等刊发表。曾获第七届湖北文学奖、《长江丛刊》年度诗歌奖。

丁东亚作品选

春天的孩子

阿妹坐在春日的河堤上唱歌
羊群，在水边啃食稗子和青草
她的歌声有野花的甜蜜，在风中奔跑

我们沿着沟渠采摘茅针，挖出茅草根
踩单车的邮递员上了石桥，绿挎包里
是远方的讯息
芦苇丛间停落的灰雀顽皮，追逐互啄
像极了年少无知的我们

那年春天，我们追逐田野上的蝴蝶、野兔
也追逐卡车与流云
四月的风吹着豫东平原，招来新生和死亡

阿妹在梦里的河堤上坐着，雨滴落在屋顶
如今我们夜晚卧听惊雷，她成为
闪电的一部分

候　鸟

它们带着北方的冷远道而来
在南方的湿地和湖畔筑巢栖息，月下
藏有雪白的梦，梦里是满地松子和草粒

反嘴鹬、小天鹅、乌雕、白鹤、苍鹭、豆雁
凤头潜鸭、黄腹山雀、丝光椋鸟、白尾鹞
红嘴鸥、黑鹳、北红尾鸲、鸬鹚、山鹪莺……
我反复看见它们
在芦荻荡与林间小憩，啄羽，求偶，啼叫
御风的身影遍及湖面和天空

二十万只候鸟从北地迁徙而来
飞影落入每一个困守城中人的身体，他们
就有了飞翔的能力

花　事

我亲切地称呼她们孩子。
石竹，吊兰，半支莲　还有你
我亲爱的仕女

每天清晨　我给孩子们读书
浇水，施肥或修剪　放一段钢琴曲

与你和着节拍慢舞
七月流火
我躲在房间里与你饮茶
与孩子们讲解八月萑苇被风吹低的样子
窗外
一片翅影
我的黑暗被你用身体唤醒

不能说清多久以前
反正已经很久
我渴望你为我生下孩子　然后死去

空　荡

轻微的重量可以致命。譬如
隔岸看灯　灯火如豆
放灯归来的少女是夜晚的一面铜镜
我们在长亭夜谈
情话如水色，有流逝的光影重叠

事实上，我可以用去整个夏日
温习你微醉的笑容
以风景调剂寡欢，与小摊贩
围绕一支断裂的银镯
探讨从前的风物
更多时候，我愿约上三两小友
去水边垂钓

或去动物医院隔壁的烧烤店吃烤肉
夏日配啤酒，落雪的日子要一瓶二锅头
日子是肉中的香，带着酒气的豪爽

涉江去看你，海棠已盛放
在鲩子湖，明净是本真。人世清欢
无须昭示。

我所热爱的

几乎没有一次能完整记下温暖的事物
炉灶、牛栏、菜园、羊圈
我热爱母亲周转其间的样子

她比风还要低些。甚至比不上一棵芦苇
但她是我的母亲　我热爱她弯膝的瞬间
热爱她的嗔怪与哭声
像热爱我的妻儿

每年夏天，我总渴望回到她身边
暂避俗世喧嚣
而我所热爱的，每一次都遥不可及。

田　野

不是因为冬天近了，我才怀想田野。

风中的茅屋前　稻草人在召唤一只兔子惊醒的春天

对于一日三餐，我赞美的言辞抵不过父亲对田野的敬意
他于清晨推开的门窗，关进了许多鸟声与暖意
它们融化在母亲瘦小的身体，棉被或水池
沿着房梁、屋檐逐一消失，传递着雄性的气息
父亲的田野充满着善良与悲悯
他不熟悉夜晚的田野多么单薄与贫瘠　不清楚
他吃饭时端起的大碗容纳了多少岁月的给予与索取

不是因为冬天近了，我才怀想田野的静谧
在夜晚，我的爱过于执着
我只爱我小小的村庄　田野的空旷与神秘

李昀璐

1995年生，云南楚雄人，毕业于山东师范大学地理与环境学院。诗歌散见于《人民文学》《诗刊》等杂志，出版有诗集《玫瑰星云》。

李昀璐作品选

春　野

春野，你折下新鲜的百合花
动作轻巧，像喂食乳鸽
想象力，无需大幅度动摇

春野，你需要虚构和谅解
所有试图要化解冬天的努力都是
徒劳。沉迷本身就是
一场漫长的冬眠

春野，你试图往前就会发现
所有选择题，正确答案已被删除
成为备选需耗尽全力
道路由此曲折，蜿蜒不知疲倦

房地产的宣传广告
写完了所有合理性
高层建筑离天空更远
为了让百年一遇、千年一遇的月亮

和我们频频擦肩

理想生活在纸上
我们在门外

锦　樱

她的心是一座江南园林。尽管她
从未涉足南方，但一些惊鸿一瞥的身影
和假山状似，不可细致观察
以接受潮湿的暗刺和硬朗的凋敝
最晚的一颗樱花，可能会开
可能不会

小　玉

说话即对立
摆脱小县城的口音
像根治顽疾

还有更多的遗传病
亟待治愈
穷酸、畏缩、土气

叛逃自己进入人群
就要接过刀柄

光鲜亮丽的事物
会让人生出破坏之心

山的那边是什么？
是途经此地之后
不复相见

谁比谁更接近美
轻微裂开的缝隙
会扩张为细密的网络

所有轰鸣的闪电
用一生
狙击不合理的偏爱

素　贞

盗仙草，攀登陡崖，摘下面具
相爱前先掩饰长尾，变身俗世女子

与庸俗相配，凡心大起
人间返青

放出伪善和弄巧成拙的海水
寺外芳草仁至义尽，但金石无医

关上牢门的手，也曾递上雄黄
吞服情欲的砒霜，有时爱情徒有虚名

水　仙

到人群中去。被黄昏驱使的玻璃杯
抵达镜面，一切都是光的试验
规划途径，我们自愿被俘
成群进入许愿池

庞大的队伍更易陷入
光怪陆离，到人群中去

无需填写名字、性别和喜好
越单一，无法识别的快乐越庞大

姐　妹

相爱欣赏都源于嫉妒。你是湖
情绪风暴煽动时，是褶皱

选择趋光性，就是选择自己
成为暗部，做月亮的阴影或噤声的话语

你在水面挣扎我在，深深地凝视
交握的手，言不由衷，观众席座无虚位

彼此忠诚的观察员，大戏剧家
沉湎镜花水月，致敬无数深情桥段

可爱和可怕是焦灼的正反面，贴合的
游戏币，开启一段虚拟的冒险经历

全情投入修辞的华丽游戏
暗中较劲，爱你且恨你

冬天空无一物

飞鸟投林，很多地方深陷芦苇花丛
世界被雪白覆盖，飞絮有冰冷纹理
风海流远渡重洋，横穿无数白天
和黑夜，直至湖心亭落雪

舟车劳顿。气温预警，在冬季
仍有新鲜的颜色，目光灼灼
鲤鱼在碗中舒展尾翼，粼粼
粼粼是你的波纹，灵魂铭文

陈旧的外套，已习惯了
独自面对季节的沉默
桃花尚存界外，设想的桃源
归于遥远乡村

到处遍布明亮的天色
你坐在那里，被光覆盖

谭夏阳

1979 年生，现居广州。诗文散见于《作品》《中西诗歌》《星星》《诗选刊》《中国诗歌》《诗歌月刊》《诗建设》《飞地》等，著有诗集《云的契约》等多部。

谭夏阳作品选

绿萝之妄

窗台上的那盆绿萝还在
疯长：一条悬垂的绿瀑布

专注于吐纳新鲜曲艺，每天
只为一杯清水和一句赞美诗——

“这长势，日渐声隆！”
如同精神的膨化剂，驱使着绿萝

不断抽取土壤里的虚妄与自信
化意志为枝蔓、为花叶，而欲望

就是一个过度膨胀的宇宙——
最终它以自身重量掀翻了自己

砸烂的塑料花盆，像个反讽装置
带着倾覆的危险，和坠落的阴影。

梅花引

寒冷是洁白的，唯有内心的雪
无法融解。好消息都散失在远路上

幽闭的灯盏抵达黄昏：光线
在枝头一团团幻化，直至香如故

梅以曲折的身世缠绕我——
我的纠结、挣扎和不屈，就要被

一场漫天皆白的风雪所熨平，然而
我可以开出与命运对应的花朵

——如此细小、卑微，却像古典的
桂冠，戴在大地隆起的头上。

蓝袍湾

我们没有谈论诗歌。
分行的海浪
是一行行向前推进的诗
在突然拐弯的叙述里，制造
雀跃的小浪花。
海在远处抖动蓝帐篷：哦，那喧腾的

蓝，犹如一滴观念，倾注于
微漾的杯盏，并逐一
析出盐、旭日和佐酒的海鲜
一条鱼的理想是在恣意里
找到一片自由的汪洋
而我们在浩瀚中迷失了自我
对酒当歌，还有什么比海风
更适合于抒情？
但我们不急于谈论诗歌——
只朗诵风光、年华和达旦的相逢
作为归来的游子
我们与跌宕的大海达成和解
作为游荡于海边的
卡夫卡，我们写下的诗篇，瞬间
又被海浪删除——
所谓命途，不过是踪迹
所谓醉乡，不过是蓝袍湾。

乡　愁

——在澳门

避开人群，我们
在半山腰的一座公园里
闲坐了一个下午——
空阔的绿意
装点了广播剧中的
廊柱和晚钟

长椅老者的白日梦
如此斑驳，摇晃，仿佛鸟的惊扰
咖啡溶解云的倦意？
目光眺向海平面，波光
泛起蚀刻的粼粼
那艘开往里斯本的旧邮轮
早已驶进时间的深渊
而记忆就像一场风暴，刮走了
飘动的浮云——
只留下一丝空落的
又带点混搭风的浪荡与乡愁。

野蓖麻

那天黄昏，我躲到了
野蓖麻树下。
那里曾经是孩子们的天堂
广播天线通过连接树的枝丫而增强了
信号：歌声里，有一棵橄榄树
和一个电波中的远方。
那时候，我的远方在哪里？
我当然无从知道。
我还是个孩子
刚偷了同桌的文具——
一支烫金钢笔，通体透蓝，形成
致命而闪光的诱惑
我把它埋在野蓖麻树下。

作为一个秘密，它发育成一棵
羞答答的野蓖麻——
掌形叶片，遮挡着阳光的直射
铜锤状果实，浑身布满了刺
如同坚固的防御工事
我能抵御时间的拷问吗？
我只想逃到远方去，但远方
就是那个橄榄树的远方？
当我打开成熟的果实，我被那个
画面惊呆了：蓖麻种子
那光滑的大理石般的纹理中
竟藏着一幅微缩的航海图——
啊，蓝色的远方！
多年以后，当我返回故乡
我早已不再小偷小摸
但岁月却无声偷走了远方的诱惑
还有当初的那棵野蓖麻。

祝雨

生于1991年，现居湖北。湖北省文学院签约作家。有诗作发表于《十月》《诗潮》《汉诗》《中华文学》等，出版诗集《我想把春天寄给你》。参加2019年第二届全国新青年诗会。

祝雨作品选

母亲的爱

手中的莲蓬被我
一层一层剥开
剥开它就像剥开
一个母亲对孩子的层层保护
就像一点点撕裂
一个母亲的爱
直到看到她的
良苦用心

下雨天

这样连绵的下雨天
我想我要
节省一些话语
做一个合格的听众

如泣如诉，如怨如怒

这样撼人心魄的叙述
至少让我学会了
尘世茫茫
还要节省一些感情
才能
安身立命

低　头

窗外那树紫薇不堪重负
终于低下了头
她替它松了一口气

她是善于低头的
有时候是因为害羞
有时候是为了看水里的云
和地上的白月光

更多的时候
她想到了那饱满的稻穗
那沉甸甸的果树
那些弯腰供养生活的人
她想像他们一样
在佛前，在众生前
在低头流下的汗水与泪水中
悟出一些慈悲

月　亮

李白仰望过她
张若虚赞美过她
王维在深林里被她照亮过
苏东坡为她流过泪
还有人试着打捞她
似乎关于她可做的事
都有人做了
我只好捡拾一些不小心
被古人遗漏的词句和心情
继续写下她
奢想着我每写她一次
就拥有了她的一小部分
寂静和皎洁

知　足

这个世界
美好的事物太多了
我来不及
一一遇见

就像一朵花
用尽一生

也只能遇见
春天的一部分

缤纷心事

在无人的山坡
我坐在一群花朵之间
试着冒充
她们中的一朵

包裹她们的阳光
包裹着我
敲打她们的雨滴
也敲打着我

我像她们一样
一瓣一瓣打开自己
慢慢历经一场
缤纷的心事

一　生

八月，经受着
太阳的严刑拷打
却一言不发
那棵树也是

那树下的人也是
那人篮中的蔬菜也是
从播种，生长，到收割
从乡下一路奔波到城里
从供陌生人挑选
到辗转在他们的胃里
始终一言不发
他们就这样坚忍地
过完了自己
不为人知的
一生

生而孤独

整个山坡只需要
一棵开花的树

整片大海只需要
一条流泪的鲸鱼

美生而孤独
孤独是天上的明月
盛放着人间最干净的好

于海棠

“70后”，山东省作协会员。作品散见于《诗刊》《星星》《扬子江诗刊》《诗潮》等，有获奖。曾入围“第九届红高粱诗歌奖”。

于海棠作品选

突然的停顿犹如想你

重又来到这里
林下多了断枝、落叶
和腐烂的果子
无数断枝和落叶宣誓时光的恍然里永恒的逝去
果子的甘甜引来忙碌的蚂蚁和蜜蜂
我突然的停顿犹如想你
断枝有断枝的悲伤
和我的悲伤不同
被时间抛弃的，必定被爱眷顾
在每一个词语上
建立的虚无
是无限悲伤的源头

早　春

云站在远山
飘忽，不可把握

光在花枝上造影
内容虚无，悬而未决
春水不空
目之所及
不见倦怠。

我的仰望里有一片蓝

草坡松软向下，栾树倾斜地靠立
笃信如果光线垂照，它们张开的耳朵
没有显得更孤单
灌木丛的藤蔓向下弯曲，一枝，两枝
轻轻推送的波澜
顺着这些弧度隐藏的秘密
如果我们没有掩饰
各自的内心，有时跳动加速
鼓胀的胸部
伴随汹涌的溪流，如果爱以爱的形式
抛掷
幸福的暖流
我的仰望里有一片蓝光，我总是看到，
你搅动雪后的蓝，那么深刻
在我坐下去的地方，苍耳粘住裤脚
我给你预留的位置
一棵轻晃的小草
停止了摇晃。

爱和遗忘一样巨大

光洒在条格纸上，仿佛所有没有写出的，
都有了明亮的去处
就像所有的等待都有了结局
阳光明媚，不可多得
尘世干净又明亮
我喜欢尘世分给我的这一块儿阳光
又多又具体
在阳光照不到的地方
爱和遗忘一样巨大。

阳台上的花草

阳台上的花草排列紧密
仿佛寂静夜晚的星星伸向未知
兰草，小叶玫，花蔓草……
那么多花草
给予你植物迷人的芬芳
我经常呆呆地凝望它们，凋败
和茂密仿佛一个人的一生
我看到时间的流逝带来生命空荡荡的回音
一条河流不知道将去往何处
一个人的悲伤总是在失去以后
它们紧密排列，叶子触碰相互抚慰

在生命短暂偶然的相握里
获得生命活着的意义。

二　月

春风料峭，野斑鸠落定在
一根蔷薇花枝上
熹微的鸣叫，起伏，微颤

正午光线散乱的线条沿着
一声声鸣叫
向上滑动喜悦的微粒
与我视觉的无端相触
清脆的啼叫像抚慰，
唤醒我们有过的瞬间

所有的欢乐
焦虑永远缠绕在里面
每一声都是隐喻
正如我与你相对时悬而未决的虚空

在未决的鸟鸣里
它一声声唤醒光秃的枝条
在刚好读完的一首诗里
完成春天的复述。

在烟雨园遇到黄栌花开

时间能让我们更深地记住
在烟雨园
一大片轻烟丝绒的粉红花朵
在暮晚立体的天空下突然出现
视觉为之一振
我停下脚步注视良久
花香触碰与无形，在你的周围
形成微甜的幻觉
一种快乐的情绪把你推得很远
轻烟似的微红在
斜坡上制造永恒的善良
在我长久的注视下
花香在更深的律动里，渐渐消散
让你不由想到：
尘世间有多少苦难
在无边的花香里慢慢消解
又有多少真情在花香里
被重新记起……

范剑鸣

1972年生于江西瑞金。有组诗发表于《诗刊》《星星》《解放军文艺》《诗潮》等刊物，诗集《大地庄严》获首届方志敏文学奖，另出版诗集《向万物致敬》。

范剑鸣作品选

我听懂了野鸽子的歌

这不是个巧合。在这个夏日之晨
我没在意那屋顶的野鸽子
我专注于人类遗留的
久远的东西——
比如乐府，这李太白写了又写的
同题诗。我读到《古有所思》
读到“愿寄一书谢麻姑”。接着换了本书
在一首长诗里，黑人休斯
用布鲁斯描述爱的七个时刻：
“我将在汽车站接你。你的宝贝杰克。”
这不仅是巧合。我刚在微信号
读了首旧作，和李太白
和休斯，同样的主题——
这纯粹是巧合。我听到屋顶的野鸽子
正好唱完一支宛转的曲子
多像星球里一次小小的聚会：
三个男人，一只野鸽子，同样的歌声
——在偶然中发现必然，真让人着迷

文学馆路

五月的鲜花探出铁栅栏
一辆婴儿车，穿过辅道的绿阴

路面如此平坦
通向远方无数个幽暗的窗口

一盏灯火，如果属于梦想
是不是照亮过生活

路过的中年人在叹息尘世
寻常巷陌，流连脚步——

正如模糊的南方土路
把朝觐者带往山顶沉默的庙宇

一些事物由远而近渐趋清晰
一些事物永远封闭，拒绝探知

城市的河流

那河水流得缓慢，已经不像河流
沉重的时光裹住了它

为了找到以前那条河流
一些人投下竿子，在岸上等待
一些人水中划行，深入浅出
更多人习惯了它现在的样子
不打算追溯它的过往——
是怎样就怎样，一条河流
没有喧哗，没有击打
苍凉的身子像走过乌台的诗人
容得下冠盖，也容得下憔悴

枫林坞

我看过多年以前的枫叶。由于出操的人
那枫叶上多了些血色和细纹

枫叶的集合是一件壮美的事情。多年以前
枫林坞的红叶，全部用来覆盖
那些奔走的脚印——

二月花，青春的譬喻
那是年轻的兵士，像叶子们在风霜中操练
历史的红，出现在脸庞——

在另一个深秋，我遇到的枫叶
比血迹还红，比岁月还深

我不愿说出曾经的锻造

在青草的陪衬中，那些隐约的
石柱，石础，石门，石窗
白玉追随的繁华，都曾经是
宿命般的建构和瓦解——
阳光以亘古之力，抚平这人间废墟

我放弃了辨认。在环绕的木栈道
我甚至肯定
它们并不想恢复原来的样子
水法，瀛台，以及一切来自异族的美
保留过匠人被窒息的呼吸

另有一种力量，在掌控着万物
来自地下，并隐于地下
火：我不愿说出曾经的锻造
草木峥嵘，天鹅盘旋
痛苦而扭曲的石头，勾勒出明媚的天穹

仿佛一切累积的文明，都岌岌可危
正如库切笔下的城池
拖着枪，在城墙上等待野蛮人

野百合花

我以为它能活着。以为它
能证明一次不擅长侍弄花草的人
也有意外的成功

但它还是枯萎了，我的野百合花
像多年前的水仙——

我不能马上扔掉它。我得缅怀一下
和朋友一起去采挖的春日
那峭壁上的风

野百合花，以它的枯萎
显示爱的艰辛
我得想想：是什么过了或者不及
像不太称意的人生

庞白

“60后”，现居广西北海。中国作家协会会员。曾获冰心散文奖“散文集奖”、“中国散文诗·天马奖”等奖项。出版有诗集《天边：世间的事》《水星街24号》等。

庞白作品选

开往拆船厂

最后的航线，虚无的旅程
还是要拉响汽笛：前进——
转瞬即逝的印记，无从填补的空白
也一一记下
即使要换一本新的航海日志
即使锚链拖着能噬咬火牛的晚霞不放
雷达再也不接收任何来自天际的信息

还是要奔赴沦陷，奔赴肢解
无论坚硬过多少年
一颗螺丝也不会再剩下
还是要回归黑暗
这幽蓝糅合的颜色
是前世潜伏下来的一根巨大绳子
它的命运
就是趁天未亮之前
把你一生的颠沛流离
拉进更深的夜

——无限深的夜
抹去风浪击打的痕迹

俗世的味道

干枯的莲蓬贴着你圆润的脸
似针头划过黑胶唱片
你半闭的双眼和垂直的手指
为什么微微颤抖

当你转过身双手紧抱肩膀
低下头来想什么时
花窗外进来的阳光
镣扣一样在你锁骨处轻轻晃动

院子里桂花的香
似乎此时才飘到你发际
来到你胸前
像守护宽恕和秋天的幻影
并有酝酿慈悲之意

坐绿皮火车去远方

先是陌生，然后是
熟悉的城市和山川
共同做出的决定

我选择赞同
在旅途中迷失

这其实是一件特别忧伤的事
蕨类植物被速度甩到山后
刚才还挺拔的树木
一不小心就矮了，消失了
山坡上的老人弯下腰就变成了牛
有首歌听不懂
却一直冲着耳朵唱
只有应景的云彩挂在前方
无所事事地飘来飘去

鼓　手

好了，现在可以唱歌了
你的声音可以低沉也可以高亢
可以笑着唱也可以哭着
一言不发也行
手脚是你的，眼睛也是
喉咙是你的，声音也是

但是，不要去期待旋律
也不要猜想节奏
她的短发拼命甩动
汗滴和鼓点
鞭子一样抽打门前的石板

她同时使劲跺脚
像一头发怒的非洲母狮
没有开始，没有结束
一切，突如其来

楼顶，望星空

白皙，轮廓分明，仍然对这个世界保持沉默
中天而立的月，像个中性的人

多么辽阔啊，夜空。无数闪亮的碎片
钉在高处。多少灵魂被它们摁住，不上不下

天将明未明之时，亲爱的，生命在鸣叫
——多烦躁。这里是南方，醉后能到达的最远

孙大梅

1958 年生，沈阳市人，现居北京。1991 年毕业于鲁迅文学院暨北京师范大学文艺理论系研究生班。出版有诗集《白天鹅》《失落的回声》等多部。

孙大梅作品选

桃　子

八月的杂木林里有几棵野生的桃树
被大墙拦在了远处的坡地上
它开花的时候
蜜蜂飞过了千里之外的栅栏
盗走了那些夜晚里隐藏着的秘密
让它们首次有了幸福的期盼
一张张因期盼而妩媚动人的桃花

即使这样
也不要用手触碰它
一碰就是一个经年不愈的伤口

种　子

五月桃李盛开，一群又一群的蜜蜂
沿着暗香浮动的大路小路：不请自来

五月的节日颇多，无数个红气球
飞满了天空。一些人去了城里
另一些人去了郊外
三五成群，赏花留影

我选择了一直熟悉的杂木林
坐下来，风是好风。此刻心静如水
不远处一个穿红衣服的中年妇女
正低头撒种，温馨的画面
让我想到了
有一天我也是一粒被土地收藏的种子

水红花

水红花生长的地方
不一定有水
六七两月，小区一楼花园
串串稻穗似的水红花
出落成婷婷玉立的少女
——招蜂引蝶，花瓣繁盛
她们弯向大地的曲线
悄然藏着：一种谦卑

偶尔心生疑惑，这草木可否通灵？
一家中药铺子里的坐堂医生，说：
大自然里的一草一木
均在《本草纲目》里按着各自的属性

一一归类

十二月

转眼间十二月就要离我们远去
时光不讲情面
它的冷暖来源于我们的内心世界
一个人的旅途是种惬意
风景可以独享
一个人的喜怒哀乐留在心里
最终的路还要靠自己走到终点

那些充满激情的山水画
和那些犹豫不决的人：恍如隔世

乌兰察布的风

三年前的五月一日
正是风和日丽的季节
我和家人去了一趟内蒙的乌兰察布
第一次领略了来自草原深处的风
一种毫无拘束的大写意
追着我们的脚步，形影不离

我们先后去了老虎山公园
在山中转了几圈后

没听到一声虎啸
只看到两个巨大的老虎雕塑
——持腾空而起的架势。它的大
让我们领悟了什么叫虎虎生威

我们在意犹未尽中
西边落日的胭脂里
沿着石阶爬到了山顶的亭子里
匆忙拍了几张：由风导演的照片
每一张都似一个大写的飘

野草莓

更喜欢叫你的另一个名字：小托盘
割草的人，把你同野草一同放倒
你的果浆
红红地流了一地
你痛吗

第一次把手伸向你
游弋着童年时光里的懵懂果敢
触碰你的瞬间
你用密集的小刺
潜伏在我记忆的隐痛中
也让我懂得了
野有时候也是一种防卫

有一种白胜过雪

因为风的缘故
这些经年的雪花
来了
——又走了
它的白在路上已经开始逊色

大自然又派出了春风里的
另一场雪
根在泥土中扎下了伞状似的根须
飞舞着一片片白色的小花
这喂养过我们生命的小荠菜
渺小并不孤单
它的白引来了远方的蝴蝶

春风里我不断地向这些白色的
小花弯腰低头
——有一种白胜过雪

草木之声

立冬的午后
我从今年的第一场白霜里走过
我将是这里最后的访客

坐在昔日的浮桥上
远处传来了久石让口琴里的
《天空之城》
一去不复返的时光
落在桥下的五线谱上
落在我为这些草木唱歌之前
有的挺直了腰杆
有的低着头

我走了。明年春天我会再来
风中传来巨大的涛声
让我在生命之秋
第一次听到了草木的心跳

阿翔

生于 1970 年，安徽当涂人，现居深圳。著有诗集《少年诗》《一首诗的战栗》《一切流逝完好如初》《旧叙事与星辰造梦师》等。

阿翔作品选

暴雨诗

每一滴雨，致不朽的辉煌。
像是偶然的突破，等待着更大的沉默，
在我们的身边，还会有日复一日的
闷热，仿佛越过了秋天的底线。离最近的夜晚，
它在我们看不见的前方经过
灯火通明，隐现在可疑的生活，
然后就是雨越下越大，大到事物的本身，
在寂静中完美。当我们热衷于
沿灌木接近帝国般的宇宙，
始终是，一次明晃晃的谛听，
遭遇到另外时间的围殴。更深的
是睡眠，缓缓围绕在更严格的尖叫，
尤其出自十月的秘密，的确是架不住
我们的感叹。换句话，我们是
暴雨里的又一次轮回，才会触动很多细节，
从远山到近水，潜入古老的自由，
就像一阵风吹过的涟漪，在广场的
不远处，学会永久性遗忘。暴雨

走在街道，无意于昏暗的灯光，
包括暧昧的余音缭绕，也许下一刻还在
虚无，或是现实的寓言。
我们消失在我们宽阔的视野，
这就涉及我们的孤独消失在世界……

细雨诗

或许我用石头般的光滑
来证明围拢在特定场景的旅程，
例如在细雨中的千年瑶寨，
像是一场巨大的安静，充满青草味，
云雾从远处涌上来，显得多么
多余。八月的雨伞寻找罅缝，
这样的细节下，并不意味着我们
会迷途在寨子里，犹如迷宫，
取决于我们有没有判断力，通过
破败的墙壁，也是对身边的孤独
一种确认。事实上，细雨中的语境，
连我把握不住，很可能就是
甜润的倾听，直到它漏出
在我额头上，所以无需打伞。
我在我们之外，如无人之境，
感受到了不易觉察的变化，
这让我有点恍惚，细雨还在下，
下得像是隔墙有耳，几乎
会让我远远地落伍了，是啊，

我落伍在雨的后面，但有什么
关系呢。摄影取景于寂静，框定
一片山色，八月显然是喜悦
和蝴蝶释放出来的时间，
包括行走在石级中蜿蜒的秘密。
在连南，瑶寨完美了古老对我们
的试探，以至于我不得不用
石头替代了诗的光滑。

漂流诗

河道的确汹涌不止。野岭利用
怪石嶙峋，比一份指南更为迷人，
就好像天然的涛声只服从秩序，
所有的乐趣在和神比速度，并带来
有限的幻象。如果有条件的话，
橡皮艇先于我们，和我们大脑中的
翻腾，在落差与落差之处合演了一场
不带偏见的探险戏，根本不等
我缓过劲儿。犹如起伏不已的遗址，
它还有一个名字叫玄真，但不
受制于遗址本身。在漂流之中，
要说渡它还不如被它渡，换句话，
漂流不限于我们的终点，好似
延伸到我和汉语之间的灰色地带，
衡量九曲十八弯的回旋，即使偏离
叙述方向。我承认，我比我们

体会到神秘，它其实更像一波未停，
一波又起，远远胜过诗的颠簸。
或者，需要腾空汉语的身体，
才能有水流湍急，在那里，才是
不可测度，远观怎么可能会
漏掉风景。当我在瀑布插身而过，
不必回神，凭着从未有过的缓慢
和微妙的忘怀，在浪尖中完成了
从诗到深渊震耳的短短一瞬。

慢行诗

（与友人游鹤薮古村）

仿佛再平常不过，
新建筑和破败的房屋之间，
青石板铺就的径路缓缓得好像
在我们的倒影中试探脚步。
旁边的一只狗表现出友善，叼来阳光，
偶尔懒洋洋兜着圈，似乎无视
浮生流年。从侧面上看，
墙壁的斑驳贯穿了整个村落，
但你最先看到的却是宇宙的花纹，
很难理解青山掩映的消失和永生
各占一半。从古树到鹤的环绕，
隔世的典故仍然滞留于迷人的格局，
不涉及我们的无知。或者，
我们在自己眼中的村落漫步，意味着

我们在自己的情绪里，配合了
时间的矛盾。也就是说，我们
只是在它的前世的倒影，仿佛
加深了隐身于栈道的记忆，
一旦显现，它的世界就会缩短
我们和海之间的距离。所以，
你所熟悉的地气，在最东端的偏僻，
比秋天的风情还深陷其中，
它还用它的面目全非纠正我们
小小的偏见：即将消失的，并不是
它的本身；声名鹊起的，也更
不是它的本意；最重要的，
它的宇宙，就像在我们中间
等待着一次返回。

杨勇

“70后”，现居广东阳江。诗歌散见于《诗刊》《中国诗歌》《星星》等，并入选多种选本。著有诗集《黑白照片》、访谈录《十诗人访谈集》。

杨勇作品选

猫儿山上

有些人未曾见面
已是朋友，有些树
只听到名字
就很美好
木荷，枫香，润楠
曼青冈，拟赤杨，君迁子……
这些触手可及的兄弟
我和它们紧紧拥抱

观日台上的人群紧紧拥抱
那一天的日出特别完美
年轻的光洒落人间
虫鸣和鸟语此起彼伏
只有树是安静的
只有树
站在原地

长长的一生

有些树
只需要见一次

这些悬崖边的树
这些人生路上的树
每一片轻飘飘的叶子
都有永不回头的奋身一跳

山　行

所有琐事都放下了
连同昨天的一场急雨
我一身轻盈，在林木之间滑翔
仿佛长出了翅膀
一股神奇的力量推送着我
把我带到那些让我欢喜的地方

沿着山路走向更隐秘处
落叶发出悦耳的破裂声
我的肉体轻盈，灵魂出窍
蝉鸣让绿叶饱满，让林木更加团结

大山更深处，天空挂在树尖上
更多清亮的、嘶哑的、若隐若现的声音
因其遥远而不可捉摸
内心深处也涌起一个声音——
任何声音都变化着，但任何声音

都是你的声音

现在，我要翻过那座山
越过一片松树林
我要带着两束野菊花回家

梧州的秋风，缓慢

——给盘妙彬、羽微微

与其说绿云山上一棵孤独的雾树
不如说时光的茸毛
与其说秋风缓慢
不如说穿梭在水面的一条船
与其说白云过灰瓦
不如说百年商埠和民国骑楼城
与其说西江码头
不如说一场太阳雨纷纷扬扬
跟随多年的往事摇摇欲坠
我们在龙庭，秋意正好
“从这条路走下去可抵庙堂”
梧州的黄昏比任何地方来得更早
落日落在江面，落在心头
梧州的秋天懂得任何人的念想
“美好的事物都是慢慢开始的”
见上一面，终于放心
秋天还是那么干净，我们还是
那么年轻

黑暗中的朋友

还有一些人站在黑暗中，当灯光亮起来
我们围着圆桌坐下，老火汤和若干热菜
我们喝酒，那些黑暗中的人
比黑暗更黑，在黑暗中变换姿势
他们在海面，在疾驰而来的船上
在呼啸的风中，迟疑地寻找我们
他们的面孔那么陌生，他们那么迫切
我发誓从没见过他们，他们注视着我
我相信他们，这些若有若无的人
比街道上擦肩而过的人还要真实
这些沉默的人，被无形的巨手扼住咽喉
来不及发出声音，也无法回头
像潮汛一样，聚拢而来，又消散而去
帆船犁开一条雪白的水路，鸥鸟扇动翅膀
在喑哑的啼鸣之上，是渐渐模糊的真理
黑暗中不断移动的人，也许满怀憧憬
也许心生仇恨，他们黑色的喉咙里
有一只白色的鸟，提醒我们枫叶渐黄
痛苦必将像盐一样，突然脱离大海
黑暗中无所不在的兄弟，又一次迟疑地寻找
他们必将降临，走向我们，离开我们

夏杰

1972 年生，江苏昆山人。曾在《诗刊》《星星》《扬子江诗刊》《诗歌月刊》等刊发表诗作。出版个人诗集《尘埃之想》《静静地述说》《恩泽》三部。

夏杰作品选

向日葵

母亲每年都会在小菜园里种上几棵向日葵
那时的向日葵粗壮、高大
我和姐姐抬头看它们金灿灿的花盘
从日出转到日落
那样的日子里母亲来小菜园浇水
我和姐姐开始捉蝴蝶、蜜蜂
还有向日葵毛茸茸的茎秆上
爬行的瓢虫
我们和母亲都很认真，在做自己的事情

搓　绳

清晨，父亲去稻草垛
挑选上好的稻草把
浸入清水中，再用石礅
压住，让它们完全待在水中

到了中午，父亲
再将水中的稻草把
翻一个身

傍晚了，父亲把所有浸入水中的稻草把
用力甩掉多余的水
拿到客堂中放好，我和姐姐
坐在板凳上，搓绳
湿滑的稻草从我们的手心
熟练地绞成长长的尾巴
父母在身后边打草包边看着我们
客堂里，除了稻草的声音
我们都默默地让这样的夜晚
变得越来越长

昏黄的灯光与金黄的稻草
交织在一起，为我们
收集了许多金色部分

寻　找

我昨夜梦见
我们寻找从前的田野
几只蚂蚱开心地领着我们
来到消失多年的稻田
田野里金灿灿的稻穗
低下头迎接我们

你蹲下身
抚摸着它们低矮的身体
它们是我们最信赖的亲人
这时，旁边的一棵草
被风推过来，你看了它一眼
也露出了微笑
我们继续走到一条大河边
看着向东流走的河水
它也是我们最信赖的亲人
这时，树叶在水面上航行
但你没有微笑
我拉着你的衣角
你低下头看我，露出了熟悉的微笑
我们来到了一个水塘边，一片竹林
我们看着那些游动的鸭子
我还想拉着你的手，想告诉你些什么
妈妈你却不在我身边了
我茫然，四顾，寻找，呼喊
蚂蚱走了，鸭子不见了
梦里只留下我一个人

梦见一颗牙齿掉了

昨夜他梦里掉的一颗牙齿
早上长出来了
一排洁白的牙齿，又恢复了
活力

他说话时，一粒花生碎
在牙肉上躲着，想起它坚硬的一生
站立牙齿上敞开肚皮
用嘲笑的声音，描述
别处的生活
想起柔软的舌头有节奏地
翻飞，其他柔软的事物
显出软的本性
好像只有牙齿的栅栏
才值得
终其一生

哦，那颗掉落的牙齿
在哪里？
他俗念中的结局是一个亲人
将远去，这件可怕的事
比起什么时候把一颗蛀牙拔除
更加疼痛、伤悲

一颗爱过的牙齿
一颗坚强的牙齿
一颗白色的牙齿
在想摆脱牙肉的爱时
如何偷偷抓紧床沿

之　后

水稻全部收割完之后
稻穗也全部捡拾完之后
白花花的新米饭吃完之后
留下
稻茬在田里，守着一望无际的
田野，深秋的月色中
有了几分薄霜
蚂蚱、田鼠也该回到土里
过冬了，它们望着
田野会想点什么？
如果此刻有一只漂亮的野鸡
立在田埂上
它彩色的羽毛会不会打动
这一望无际的旷野
之后
留下它的叫声
它会不会不习惯孤单的身影
与叫声
让这一片即将寒冷的月色
更冷

之后，母亲会拉着我
一起去种油菜苗
我在一棵棵油菜苗根部

放上白色的化肥粒，父亲会担来河水浇灌
之后
我们踩着彩色的落霞
回家了

飞白

浙江慈溪人。已出版《活着若无不妥》等诗集三部，诗作散见于国内多种文学刊物。

飞白作品选

我想把白云寄给远方的你

听一首歌，刚沉浸其中
风雪就汹涌而来
手上的《巴黎评论》快翻完了
雕塑和建筑仍那么古旧
它们从不轻易改变自己
每一扇窗户里，都住着活灵魂
这个城市清新而阴冷
河流不曾改道。你也是
本来昨晚就想完成手头的文字
总是有不尽人意
夜晚覆盖你，也覆盖所有人
想起帕特农神庙里艺术的废墟
我们只是其中之一
是的，天寒地冻，就要到来
彼此进入和占有才能生存
云的子宫里没有火种，那里
只剩下绝世之音。你的眉目
森林茂密，兽群出没

我唯独喜欢把自己一再置身险境
像孤狼面对荒原
火种遇上波涛汹涌
我在以云的方式启示每一个
失落之人，你们深耕的孤苦
必将脱胎换骨加冕为王

宅　寂

刚收拾完老房子
旧家具统统挪了位置
还有无声飞扬的尘灰
这些老伙计，重新开始领受
属于自己的全新使命

那面镜子正对西墙
一幅巨大山水国画显出倾向
笔墨浓黑部分，闪耀着
好像两个失落的世界在互为交叠
我尚不在其中

阳光恰如其分经过
它被无数次比喻，视作共有见证
又总经不起任何形式的等待

寂寞而超拔。时浓时晦
很多人事也是如此

我坐在故人曾经晃动的影子里
时间葱郁。每个词语切近，轻微地自我言说
那是这个漫长冬日里
我深感最宁静空阔的时刻

“叙述的犹疑不决”
亦成为生活哲学里时常遮蔽的那部分

幻　游

很多人此时已经熟睡，但终会醒来
很多人听见死亡在黑夜喘息
仍然浇花、锄草，像勤恳劳作的农夫
这些难以短暂结束，也不能互为印证
——但确实存在。信以为真
“月光的合金”又一次
闪过，不是吗？
海浪会送我到任何地方，我能感受得到

凛　冽

天空明净，几无晦涩
阴雨承担了所有虚妄之词

好在一切都在告别

巢穴告别雁群
枯枝告别葱郁
风之辗转，洞察且透彻

我快要把自己的秘密掏空了
它们四处藏匿，嘶吼以及挣扎

湖岸上，草色谦卑
比这更隐忍的或许已所剩无几
黑狗背对着那个世界
它不说话的时候像极了雕塑
我快速经过它，以及它呈现的存在——
一种灵魂出离的对话正在发生

星期一

“爱人者，人恒爱之”

最新鲜稚嫩的光，朝树梢涌去
被召唤。我看见叶子彼此深爱的样子
在林间，话语刚苏醒过来的时候
潮水一再退去

太阳已经着了魔
——反复说到夸父
那个赤着脚夺路狂奔，心事重重的男人

没有什么能够证明我两手空空
没有什么能够怀疑我两手空空

冬雾升起

我伫立窗前良久
外面的一切都在被遮蔽
偶尔有成群的灰雀飞过
搅动这场凝固
河水有微波，它不好意思
过于激越。樟树倒映在水面
楼群、浓云都是
仿佛整条径流都满载心事
——静水深流的另一种说法
我们会得以互相闪耀
两种力量的对峙
雾的背后，是本源，裸露的凌厉
我迟早会说出它们
我迟早会将它们和盘托出

冯冯

“70后”，现居吉林。毕业于吉林财经大学。诗歌发表于《作家》《民族文学》《诗潮》《诗选刊》《中国诗歌》《延河》等刊。出版有诗集《灵舞》。

冯冯作品选

离开故乡

我的家乡在三晋河东的小村庄
桂花飘香时节，太行山听过
我降临人间的哭声。汾河水
为我的出生哗啦啦地响
吕梁山送别亲人，母亲抱着我
唱起人说山西好风光

杏花村的芬芳缠绕远途的人
母亲牵着我，投奔异乡的亲人
她用异乡的江水洗去我的浮尘
我泪流不止。我为父亲把纸船放入江中
让它飘向我青涩的故乡

灯　绳

黑夜来临
我不知道会有多少只苍老的手

拉下灯绳
屋子里才明亮起来
田野才会一望无际
如果有一天
月亮迟迟没有升起来
那一定是
拉灯绳的人病倒了
灯绳在黑暗中垂下眼睛
再也找不到那只手
晨晖漫过山冈
抚慰四野的苍凉

今夜，迎春花睡着

星空归还大山一顶
幽蓝的草帽，风吹不走了
雨珠踏碎回家的小径
伞飞不走了
月亮伸手合上窗帷
我不愿走了

如果你来，我心生窃喜
如果你不来，我把今夜一饮而尽

今夜，迎春花睡着
我的心开着

旺　铺

黄昏带走阳光黎明还会把它送回来
江水缓慢流淌，无时不路过我们
就像雨水路过大地
就像杂夹在临街门市中母亲的旧居
我路过它，看见一楼的房屋都出租改成了商铺
那里人声鼎沸繁花似锦
母亲的小屋被鑫鑫汽配的电钻声和
民乐饭店飘来的油烟围剿不止
父亲离世多年
我们劝说母亲把临街小屋向外租赁
小屋里老式挂钟的钟摆摇晃着在赶路
那件陈旧呆板的沙发沉默不语
母亲拒租的理由是
那样你们的父亲就找不到家了
她时常躺在沙发上与正午的阳光相拥而眠
发出甜蜜的呓语

阿蘅

“70后”，山西临汾人。有诗歌发表于《诗刊》《诗潮》《星星》《诗歌月刊》《扬子江诗刊》。

阿蘅作品选

落在光里的都是美好之物

曼陀罗爆裂的种球空壳，蒿草飘摇
冬小麦绿得销魂
树梢上的麻雀，你们在为此而欢叫吗？

我刚从午睡中醒来
梦里的快乐和现实中重合
木槿花又开了一朵，阳光切割窗台后
落在摊开的诗集
一朵花的阴影圈住几行断句
都是美好之物
——亲爱的诗人，朋友
我不再担忧雨中的花椒木
误闯入花园的小刺猬
我想它们已走出你诗句编织的牢笼
和我一样
沐浴在冬日午后的阳光里

初冬，或经验

扫树叶的人很快将树叶搂到林间空地
白色的烟缕上升
直冲树冠，被惊扰的鸟雀们
鸣叫着飞走了

不用担心。等天完全黑下来
它们就会返回巢穴

暮色掩映，调皮小孩儿贴着墙根
慢慢蹭到门口
小鼠一样迅捷闪进去

假装睡着了，过一会儿
她真的睡着了

今日小雪

我居住的街道装满细羊毛的阳光
木槿，紫罗兰
一片带有虫洞的楸树叶子
造物主，仁慈啊。将它们一一送到我窗台
早晨窗玻璃上聚集的露水
这会儿不见了

我想它们乘坐了一张风毯
回到了故乡
就像我刚才在梦里
悄悄地回了一趟乡下见到了妈妈
我不得不提一提那趟糟糕
坐过头的班车。车厢拥挤喧嚷
即将参加高考的儿子，我朝他喷涌的愤怒
我怀里抱着一个不足周岁的女婴
粉色的婴儿棉布裙，熟悉的奶水味儿
和从前一样。妈妈坐在院子里洗衣服
看见我，站起身来
妈妈一个人守着乡下老屋
梦里爸爸死了好多年，我们去坟地祭奠他
醒来时只见到窗台上越走越远的光影

一团鸟鸣

每一只小鸟都衔着一根声线
在树叶间穿梭，很难听辨
是斑鸠、灰鹊还是什么认不认识的鸟
天不透亮它们就在屋后树林上空绕线团
每一次被它们吵醒
我总试图找到它们中某一个的踪迹
还原发声的过程，真相和目的
从嘈杂中找出喜欢的一种。又无法靠得更近
彼此敏感的天性
使我们都很难保持拿稳相机的距离

昨天早上一只长尾灰鹊
站窗护栏上啄窗玻璃，很遗憾我还没举起手机
它就飞走了
今天早晨我又被啄玻璃的声音吸引
这一次我选择聆听和凝视
从雨声和嘈杂的群鸟中过滤出它“砰砰砰”敲打
我窗户的声音，甜蜜而热烈的鸣唤

落在毛茸茸的棉布片上，一根银灰色的羽毛
就像昨夜我和他长时间视频聊天后
他又落入我梦里

落日与樱桃

我吃掉果盘中最后一粒樱桃
就好像我吞下了天空中唯一一枚落日

黑暗不能使我恐惧。
理查德·马克斯的歌声照亮我内心：

春天草木葳蕤，连翘、黄刺玫出现
遮天蔽日的悬铃木出现
秋天河畔芦苇，暴涨，四面出击的河水出现
冬日苍茫汾河上空一行白鹭出现
一个口衔刀斧镰钺
曾经歌唱此情可待之人出现

风撼树摇的黄昏。谁能说
从落日走到黄昏又一起进入黑暗的
不是爱情?

崔岩

1972 年生，现居浙江衢州。诗歌发表于《诗刊》《文艺报》《十月》《星星》《草堂》等，作品收入《中国诗歌精选》等多种选本。出版诗歌合集《无见地》。

崔岩作品选

果　园

一个猝然的结局——
苹果从枝头重重砸落在地面。
无法预知，来不及伸出手去阻拦
不能终止这巨大的进程。只能默认。
我们为一只漂亮苹果的坠毁感到难过
甚至关闭嗅觉，不愿捕捉那只
碎裂苹果的最后的香气
并庆幸于其他苹果仍攀在枝头
保持着红彤彤的、甜香的沉默
庆幸于，我们的难过是那么短暂。
当我们离开果园，果树林的颜色
在回望中转为浓密。
曾悬挂过那只苹果的枝条
仿佛从背后悬挂住我们
在黄昏的风里，纤瘦和暗淡。

暴　雨

古人说“夏雨如赦书”
——幽闭的巨大盒子被雨水有限解构
五花大绑的人断开绳索
空怀自由之心，不知向何处脱逃……

而暴雨，则是在赦书之后
连续十份罪诏。言辞激烈、喋喋不休
无从辨析的叱责声里，间杂有
拍案而起之音，震怒
扫落桌案上层叠的卷帙。

万物不知所措，不知上天怒从何来。
行者惶惶，居者惴惴
这漫天彻地的水啊……
居上位滔滔不绝，居下位滔滔不绝。

雪

那么多虚度的时光
是被谁掷于高空
又被谁撕成碎屑，凭空扔回？

那么多点点滴滴，被谁

凝为面目一致的晶体
覆盖万物，使万物同时具备了
往事的特质
——轮廓清晰，而色泽失去？

那么多笼罩在现实之上的
凉薄的，冻结的，时间的碎屑
需要多久，方能消解？

山　谷

1

你们已登顶，向着对面山峰
发出兴奋喊声。回音像山路一样荡起
你们俯视山外田野、远处城镇
走在山路上，状若蚂蚁的人。

我不想上去。我在山脚谷地
在流水与鸟鸣声里仰望。
偶尔也会安静下来，怀想当年造山
这里有过的，人所不知的轰鸣。

2

我看云时，仍是云。
在你们那儿，已是雾蒙蒙一片了。

3

再高的山，也会将心事
隐藏于谷地。此处潮湿、平缓
利于一切种子（即便是火种）滋生和蔓延。

4

山是大地的怒涛。
谷，有点像伏于水面之下的，沉默的岛礁。

5

难以判断：它是开启着，还是闭阖的。
——敞开胸怀面对无论晴雨的天空
却以草木与落石，虚掩进入的门。

西衙口

“60后”，现居唐山。中国作家协会会员。有诗歌散见于《诗刊》《星星》《诗歌月刊》等。出版有诗合集《五重塔》《大海，像生铁一样咆哮》。

西衙口作品选

立　春

权威，美好，愉悦，
酒旗当风。
这尖叫，
在那开阔的关口之上。
归者，行商，流货。
鱼陟负冰。
沙漠走在它的驼铃上。
离恨是一波，
愁绪是另外的，
但不是另外一波。
战火连绵，
山河破败。
那轻薄
随风猎猎，
却并不消退。
我走了很远的路，
消失在你的脚下。

夏　至

那陡峭、瘦削、被寂静掏空的山涧。
一跃而过的鹿，消失在无边的林莽之中。
雷声洗过的绿。
两头闪电，在青草上咬尾。
两头闪电，对着它们的犄角互相找茬儿。
七头闪电，在溪流里抬不起头来。
蜜和酒的山涧，
那被快乐目睹的山涧。

大　暑

长安的向日葵不热，
山间的蓝莲花不热。
独坐幽篁里，
琴声不热，
王维不热。

万物荣华。
汗在出汗。
萤火热。
白骨热，
草坟醒来，

草坟热。
空翠湿人衣，
空翠热。

顿　悟

越过了一个冬季，
房檐上的鲴鱼，忽然有了新的波澜。
原来大海，
也是可以挂起来的。

“江南逢李龟年”

盛世跳脱。从岐王宅里到崔九堂前，
浩淼的琵琶从来就不缺颤音。
才说到开花，落花还远，但又何妨先说说黄叶。
江南真是个好地方，所有的事情都恍惚得可爱。

蝴　蝶

我以为天空不会碎，
我以为碎片会很大，
我以为琐屑不能飞，
我以为飞走的还能回来。

残 荷

冰和霜都号称白的，
并向你指认了脚下的脏水。
藕梗立的少，折的多，
荷叶烂在泥里。
“我让他们失望”。
披靡的蒲草是另一个渊薮。
“水深危险”。
荷花不在。
水鸟打开翅膀，向你比划了一下夏日的大小。
拱桥在抱头深思。
“其他的天神和白日乘车上阵的凡人
整夜入睡，唯有宙斯不得安眠”。
围栏界限分明，
越过来就是一个打拳的人。

卢艳艳

1971年生，现居杭州。作品见于《诗刊》《星星》《十月》《诗潮》《诗歌月刊》《江南诗》等刊。著有诗集《飞花集》。

卢艳艳作品选

致——

我们相聚。沿着同一条江岸，看波浪
从还没结冰的二月一路推搡向前
它们来自不同支流，随着
不时停步的我们，凝望同一片天空

各自怀揣泥沙。暴雨过后
河水熙熙攘攘像赶赴一场盛宴

被不知起于何时，失于何处的风
和云影，细细过滤。遇到干旱时节

浅滩上露出淤泥、乱石、堆积的杂物
一个丑陋新世界。当我们看到这些

是该用深埋式拥抱，遮住彼此眼睛
还是应该，再酝酿一场虚涨的潮水

新和旧

通常把一个旧址圈起来
是为了
无数新事物的开始。连同
从不顺服的风声，也被迫归来
然后，绕道而行
当有人迷失方向，旧址给了迷茫者
一个在此长久驻足的理由

百年前一个问号
打探和比较时，有些答案
已接近传说。这时我们渴望
一个崭新的人来到面前
但他陈旧的往事
依然会从我们身体里面
不断哭出声来，不受任何人控制

苦和甜

往药汤里加糖
在恨里掺爱
你渐渐意识到，苦里带一点甜
已经是生活
对你最大限度的宽容，和妥协

阳光照在果园里
甜，在树上慢慢累积
而你早已离开枝头，从呱呱坠地时开始
就丧失了生产糖的能力
你从母体带来的甜
总会耗尽，虽然甘蔗一茬茬生长
果实一个个成熟
而你宁愿停止向外界索取
并努力控制住，在自己身体里
滋生漫无意义的苦
即使你就是那个
需要日日以吞食苦药维持生命的人

宅

这时候才真正安静下来
当我与沙发、床、椅子朝夕相处
是疾病，是周围不呼吸的事物
让我在和人群隔离的漫长时光里
感觉自己
还可以放弃更多

既然一切终将失去，好的，坏的
在醒来后，渐渐模糊。这是
一个人的旷野，一张椅子供你休憩
一张床足以支撑你度过所有夜晚
沉默太久，可以打开窗

让风进来溜达一会

听听世间的喧嚣，尽管
比往常安静了不少，但相比觥筹交错
更为动听。是死亡，是平日里
最被人无视的事物让我醒来
听见自己，被抑制的呼吸里，有神的话语

矛　盾

出汗的脊背，涨红的脸庞
衣服和镜子告诉我
春天来了
但冰冷的手和脚
似乎仍停在，冬天的尾声里

玉兰花开了。桃树，暂时还黑着脸
在不同时间丢失的东西
也要依照先后次序，一一找回

太阳照了一整天
却仍然无法暖透一个人
一颗巴掌大的心，一份散尽热气的爱

唉，春天来了
让我流下热泪吧，让它滴在手上
可以暖一暖空空的手掌

或者在模糊的镜子里
找回从前那个，年轻的影子

回声虚无

阳光和昨天一样
不知道何时来，也不知道何时离去
但水仙花叶片上越来越多的开放
和凋谢，都在表明一切
仍在继续

弥漫的消毒水味
和近乎静止的生活又告诉我
必须停止沉溺于那些
早已不在一条河里的倒影

任你怎样探究
都不会，让它变得真实
也不要向似曾相识的空谷质问
北风呼啸，回声虚无

直到碎石砸下来。落入平静如镜的水面
锁住的一切，从河底再次泛起
仍没有什么值得珍藏的东西
还是让它重新沉没吧——

风不断吹过，我感觉到了涟漪

但知道这是无法存留的
因为另一条河里有它们失衡的倒影
没有一阵风能将之扶正

刚杰·索木东

藏族，“70后”，现居甘肃兰州。中国作家协会会员。发表诗歌、散文、小说、评论等千余篇（首），作品入选数十个选本。著有诗集《故乡是甘南》。

刚杰・索木东作品选

路发白的时候，就可以回家

我们站在草地上唱歌
天色就慢慢暗了下来
再暗一点，路就会发白
老人们说——
路发白的时候
就可以回家了

多年以后，在城里
我所能看到的路
都是黑色的
我所能遇到的夜
都是透亮的
而鬓角，却这么
轻易就白了

紫 铜

静坐。听雨。后半夜的时间
正好适合给自己斟满一碗淡酒
如此就能继续目睹
紫铜般的日子被拉得漫长
如此就能留住村庄
拖泥带水的血脉
风，也就开始慢慢静了下去
静得就像老祖母留下的尘埃
三十年后，才在骨头缝里
逐渐堆成紫铜的印记
甘南的雪依旧下着，在五月
这样的清冷，足以洞穿幽暗
此灯依旧明亮如初
花开花谢，月盈月亏
万物，皆在一滴露珠里
努力发出拔节的声音

风，又开始浓烈了起来……

故 乡

那只鹰，还在苍穹里盘旋
那些牛羊仍旧啃食着枯黄的冬日

巨大的寂寥，足以让天空愈发湛蓝
大地如此静穆，清澈的雪光里
依旧，有我们所不知道的
深藏在岁月幽暗之处

年关将近，四面八方的人
又回到了故乡，曾经空空的院落
再次充盈着团聚的喜悦——
在熟悉的屋檐下，更多的时候
我们相对无言，默默擦拭着
那些略显疲惫的仪轨

高原上的狼毒花开了

终于可以对这个午后说出暖意
终于可以，对那株变了色的狼毒
努力说出，我的赞美——
荒芜的大地，已经无需证明
你的根系，究竟有多么庞大
站在母语丢失的路口
也无法洞悉，那些
和骨头一个颜色的纸张
经世不腐的秘密

如你所愿，这个夏天
高原上的狼毒又开得茂盛无比
——满山都是，统一

晃动着的脑袋

沉默的老锁

一把钥匙的灵感，据说来自蝎子
在古老的土地上，它被赋予
驱邪、除障、和平与守护

而今我流落他乡，对蝎子
另一个深刻的印象，却是
邪恶、毒辣、妒忌和背叛

多年以后，我持有的钥匙
越来越多。多年以后
守护岁月的人，却都成了往事

内心的桎梏，深锁着智慧
一把冰冷的锁钥，又能开启
谁的方便之门？

刘欣菲

陕西黄陵人，“70后”。作品散见《雨花》《安徽文学》《中国诗歌》等刊。著有诗集《在红尘渡口眺望》。

刘欣菲作品选

黄土坡被贫瘠的绳索紧勒得疼痛

西北风在一道道山梁间呜咽
在雨水赶不到的地方
卷起满天的沙尘
黄土坡弯着腰　喘着粗气
任头扎羊肚子手巾的汉子挥汗如雨
也捧不出一粒饱满的种子
喂给喊破喉咙的鸟雀

面黄肌瘦的后生
把饥肠辘辘的委屈倾诉给荒山野洼
田野干瘪的乳房挤不出乳汁
滋养不了陕北儿女充满渴望的眼神
当镰刀高高举起后
营养不良的谷子掩面而泣
干旱和贫瘠绑架了一方山水

食不果腹的乡亲　拖家带口
随迁徙的鸿雁

吼上一声走西口
从黄土的脊梁上踏过
……

一把铁锹掀翻青蛙的梦

屋檐上的雨水应声而来
谷雨就水灵灵地挂在我的窗棂上
温柔恬静　水样的芳华
浸润春天的心扉

昨夜蛙声溢出了河堤
樱花簇拥着在枝头张望
又一个丰盈的期盼
冒着气泡酝酿出桂花酒的甜蜜
一股来自波西米亚的热浪
呼啸着席卷田野的荒芜

一把锋利的铁锹在干枯的土地上
掀翻青蛙迷离的梦
春风轻轻扫过带露的黎明
被禁锢在泥土下的种子
密谋越狱……

藏在岁月缝隙里的光

雨洗的煤城泛着神秘的灰
这是种无法与梦想抗衡的颜色
被阳光亲吻也被这里的人接纳
守着眼前的群山
忙把季节与岁月一起搬运
装进奔驰而过的列车

也曾在这里
邂逅一段岁月和一些人
或者是一句教诲
或者是一个回眸
都在心底挽了一个蝴蝶结
时不时幽幽地舞动

总有些时候
疾风会掀开光阴里的荒草
抖落出那些早已掩埋的往事
那些藏在岁月里的光
如同皱纹纵横的中学老师
带我穿越时空
还原一颗星的初心

挂在冬天里的红灯笼

一簇簇紧紧相拥的柿子
将红灯笼高高挂起
在一片灿烂的阳光下
闪闪发光

它是不畏严寒的
骤然一场霜降
会拔出它骨子里的苦涩
只在一夜之间
甜蜜的心事更加稠密
心变得越来越软

路过柿子林的妹子
撩起被寒风吹散的长发　眺望
红衣服飘荡在蔚蓝的天幕里
此时有信天游飘过崖畔
哥哥捡拾着零落的银杏叶
折叠成玫瑰花的样子

妹妹的心花一点一点开放
北方的大地上
花喜鹊唤醒冰冻的河水

远去的背影

佛光染蓝了天空
仙鹤把诵经声驮上云端
文成公主从长安横穿丝绸之路
把一颗圣洁的心
搁置在雪域高原上

一个少女远去的背影
消失在可可西里的风云里
一朵娇艳的玫瑰
被时间风干
收藏在一页史书中

我深深跪拜　三鞠躬
任层层叠叠的善念汹涌而至
淹没世俗的眼光

李勋

“70后”，现居武汉新洲。写诗歌和散文，有作品被收录于初高中课本读物，著有诗文集《梦染荷香》《爱起风檐》等多部。

李勋作品选

钟在水中鸣响

每年秋汛　会给每一株草木　山石
留下一口小小的钟
被冻僵的土紧紧攥住
比如在郏城　当干涸的举水　倒水
咯瘦了七十二峰的影子
钟会在山野敲响十一月节
一场大雪是救赎的水
窸窸窣窣　给溃败的命运
插上白羽　麦田溢出绿色
像一个梦　湮没问津古渡口

每个人都有一口钟　吊在血中
仿佛神在日夜敲打　把一条河流
直立成一个奔跑的人
我呼出的每一口气　携带钟声
成为埋首尘世低处的水

比如此刻　晚钟融入一地月光

蔸子火旁　围满烤火的雪人
我用攒了一年的力气　敬酒　敬
这帮即将随春汛外出谋生的水

一块烟标翻出的身世

曾经丘陵岗地上的染房和烟铺
向一张美人图作出交代
每天必须不停地抽出烟的香气

若干年后当一个村湾的名字淡出了江湖
而一方山寨不会轻易忘记一把黄土种下的红色基因

不断生产迷雾的烟斗
把一些生活最底层的不快放出来
就形成了一座山的包围态势
烟丝和霞光染成劳动中朴素的美
像一朵云穿上红色的风衣向山外快乐飞去

一旦棉布衣被烟叶和日光浸泡出商界知天命的年龄
一只只杀戮的香烟便进入了农耕的血管
即使与烟盒一起倒下时也不亢不卑

剩下的一街破落纸屑和商人撒下的一把把叹息
还有时间停留的烟味和古风的烟浆
都收进了历史的当铺

一条养家糊口的河流

一条河流卷起云浪
一片鸟声在麦垛里安插放亮的波涛

大江在一碗汤色里辽阔涌动
那些茶道和麦浪滚滚而出的汗香
印上了农人的清影
更喝出当下乡村无比清香的味道

城楼寨　水波涟滟的季节全是被花儿覆盖
你近前或者离开
都会有那只手摘下如水波动的月光

所有的美都流向了拼命挤进云峰的采茶人
诗意中也就汩汩流淌出一条彩云追月
而又不忘养家糊口的团上河流……

骨子里都想买醉

我是从一条小路走向大多湖汊的
每每向蓝天白云打着不同的手势
还吆喝一只远道而来的白灵
在宁静的湖浪中安插一颗汤水诗心

那天在宝龙　顺着一条补光的线路敷上的晨露
煨出一罐罐鸡汤辅佐的气色

在一条胡同售卖朝阳的铺子上
在一片农家新景复兴的街道
和满脸春风来镇上赶市的人一样
每喝一口　就有荡漾心头的喜悦
每喝一口　骨子里都想买醉

小镇上的烟火味

一段锦绣的年轮在手指间翻动
找到开叉的河流流失的光阴
一颗颗晶亮的星星夹着田畈清香
悄悄滑进一碗碗汤里

我在汪集的布衣时光是奶奶用针头缝进去的
那时抚养的月光里并没有太多汤色

一座座箱式变压器上钉进坚硬的铁血
把分工的信念驻扎在汤馆
一群又一群人举着当地文墨温良的灯火找到这儿
都说考究的炒板鸭和一碗碗温补的汤
完全烹饪出了明星乡镇的味觉

这么多年连那多彩的白云
也总是赶来收集香遍大街小巷出彩的锦句

老板们从早到晚打理的店铺
仿佛也在讲述汪集一碗汤蝶变的故事

把民俗的骨朵打扮漂亮

这儿的寒冬腊月　仍在以记工的方式
计算这座城市到乡村的距离
和缕缕炊烟飘升的方向

在老家除了打豆腐　熬麻糖　杀猪宰羊　几响礼节性的鞭炮
这个红火的日子全靠麦垛和稻场
堆积成金色的盛典

那一片长势极旺盛的禾苗
纷纷以米粒般的方式答谢辛勤劳作的乡亲
一茬接一茬的年味竟不停地排序开花　抽穗　结果

家家户户殷实的笑靥都端上了团年桌
把一年一度喜庆的民俗骨朵
打扮得比腊梅花还要漂亮

秋若尘

1974年生，河南商丘人。诗歌散见于《诗刊》《星星》《中国诗歌》《山东文学》《南方文学》等刊物。

秋若尘作品选

火星备忘录

两个月的时间，我去了一趟火星
在那里
受到了热情的招待
见到了死去的先哲们，见到了邻居，见到了少年的我和你们
我一事无成
却不因此而自卑
好像每一天都是无止境的一天
星光和灾难从不光临
好像每一个人都是我
他们无限期地复制着我的人生
有人说，我是个不需要个人情绪的人
也许他是对的
我的面前是河流，身后是一望无际的田野，农人们耕种
和原来的生活一模一样
这让人偶尔产生困惑
我从没有离开过脚下的土地
以前没有
以后也不会

甚至于这场火星之旅也是虚构的
但我又坚持自己的所见非虚
我无法将这份感觉完整地描述给你们
在火星上
一切都是转瞬即逝的
哪怕是思想也不长久
文字成为人们相认的唯一标识
记得有天傍晚
我穿过空旷的废墟
静悄悄的，一个人也没有
仿佛我正在记录一生中最重要的事
又仿佛，什么也没有发生

第三十三天

初次航行的激情过后，我回到岸上
重新躲进叶子中间
吞食花果和虫子
朋友们有的成了朝露，有的摘到了星星，还有一些
怀揣远大的理想
在田野间杂乱无章地活着

深陷漩涡的人，还在频频向我发出邀请
他们找到了通往罗马帝国的捷径，说，这一天，总要有人
继续他们未完成的路
或探寻一条更为幽深宽广的
总要有人像他们一样

我羡慕他们的体力和持久性
在秋天也可以
和成堆的繁花打交道
他们架起梯子，搬来硕大的云朵，给山峦涂上金粉
像是我遇到的每一个人
但又比其他人更加难以琢磨和出彩

我知道，也许我无法拒绝这一切，看似完美的理由，蕴含着多重危机
至于我在草叶上即将度过的一生
将会因时间而成为泡影

秋日书简

如果非要具体到某件事上，你们才知晓我为何如此恐慌
我情愿你们没有来过
这世间千般的好
都不是我能来衡量的
蒲公英在秋天隐去踪迹
我在秋天
除了收割寒露和秋风
喂养出生不久的猫仔
好像再没有从其他事物上发现我的价值了
这虚度的前半生，已经隐入荒草

至于我在夜晚发现的那些善和美，相继被各类的人与物认领

他们说，秋天就该有秋天的样子
胆小怯懦者
就应该昼伏夜出

空旷的河岸上，白鹭一去不返，它的使命将在不断飞翔中完成
我至今不知道自己的使命归属
金色的大地
因为秋天而更加耀眼
那花丛中的若干精灵
无一不是欢欢喜喜的样子

她们占用了我的秋天
后来又挪用我的身体和灵魂
这唯一被世人诟病的幻觉，使我深困牢笼，至今也不得其解

玫　瑰

她饱蘸的露水未曾稀释，像天上的月亮一样
但月亮不会产生致幻剂
也不会生出黄金般的面孔

我要你们知道
玫瑰一开始是不存在的
无声之门打开
最先涌出的是枯枝和藤蔓

我深知你们的疑惑没有答案，我送出风，不是为了让风来
  解答
平原上有很多一模一样的人
也有很多一模一样的花

但每一个，都不是我希望你们看到的

玫瑰在夜里吱吱作响，她吐出好看的颜色
那么美
仿佛我们每个人都在经历

十　月

早上我习惯在梦游者居住的街道散步
我们各走各的
偶尔停下来和树枝交谈
多年来，我从未遇到过青铜色的天空，不知道他们说的
是不是真的

十月很低，一伸手就可以摘到天上的星星
但我却始终为这隐秘的欢喜而担忧

林中鸟雀不再是旧面不识的样子
它们从清晨飞出去，再从黄昏的某个巷子里飞回来
但无一例外
没有一只是冲着你来的

我知道我们之间，存在着巨大的时间差
而这一切
却需要时间来弥补

杨秀武

“50后”，湖北恩施人。作品散见《中国作家》《诗刊》《民族文学》等刊，出版诗集六部。先后获第四届湖北文学奖、第九届全国少数民族文学创作“骏马奖”等奖项。

杨秀武作品选

身　世

世事更迭，一个渺小的形容
或许就是几缕炊烟
山是火的凝固
垒起赤子之心

天上星星冷眼
森林里有磷火染白王的睫毛
告诉你，这就是蛮王寨
一些红砂粉，再加上庄稼
巴人的故乡
就是大海的老家

不愿走的海，死了
把所有的血堆在这里
把所有的骨头堆在血的旁边
蛮王说，血是丹霞
骨是喀斯特，我们把自己
彻底交给

这一方有血有盐的土地

不愿走的我，老了
与丹霞和喀斯特
轻轻一碰，像打铁
仍火花四溅
但满地都是铁锈

石门河的水

柔情的液体，含蓄得没有颜色
有颜色的时候就有深度
深度是柔情最含蓄的时候
如果说石门河的诗情画意，以及
死守底线的伏笔

一旦撒起泼来，她的野性
首先开成雪花，然后柔里的刚
穿透石山，撕开裂缝
把河床的石板抓出很深的指痕
把滩上的石头捏成鸡蛋
把站立的石壁蹬出石龛
直到你立地成佛

给了她的热情与初心
她就在你的爱里温柔
还你一面明镜

液体有声或无声
以一种表达不清楚的快感
打开你身体里的每一扇石门

石　磨

金属的撞击声，就像一场战争
这声音来自一副钢磨
父亲像一个裁判，一声口哨
让钢磨和石磨交换了场地

我留意过父母亲的一段对话
苦日子烂了，又捡回来
父亲说：过去推磨是落后
现在推磨是时尚

南　瓜

记得我穿叉叉裤时
母亲带我种南瓜
南瓜地，只有南瓜子大

眼一眨，六十年与六个月
在这里第一次相遇
南瓜地有九十岁大
南瓜子有六十五岁大

草坡上的南瓜藤枯了
缠到树上的南瓜藤也枯了
两个南瓜上长有一个象形字

当我复制在手掌上
为两个老南瓜点赞时
有轻微的骨折声

今天立冬

我把台历竖起来
一片秋叶，从八楼跳下
砸到一件黑色风衣背面的
那只刺绣白蝴蝶的嘴上
两个季节的美
绑到一起

我想，假如风把落叶碰一下
瞬间的差错
一片失去生命的叶子
就不会在一只蝴蝶里
起死回生
冬在一件风衣上立起来了

我借一场无边的大雪
瞬间变化的万物

开始上路
蝴蝶在春天的背后
我在蝴蝶的背后

堆雪人

最大的一场雪
与红领巾的梦
同时潜入这个冬天

堆雪人的孩子们
把尘世最美的理想
在一张精美的宣纸上
悄然搭建

一个不堆雪人的小男孩
将一棵山楂树的雪
摇下来，老师看到
一个有血有肉的雪人
海一样蓝

易飞

“60后”，湖北监利人，现居武汉。出版诗歌、小说作品300余万字。有诗作获奖并入选各类年度选本。

易飞作品选

满　足

父亲挑着两箩筐谷在前面吃力地走
我只要一撒腿
就可以超越并不高大的父亲
但那时我太小　没有肩膀

我们赶到大队部的时候
队伍已经排得很长
我和父亲老老实实排在最后
后来有人发现了父亲
说老书记您不用排啊
父亲说那怎么行按规矩来
有人拉我到前面去
父亲用眼睛严厉制止了我
又有人给父亲一个凳子
父亲脸上很满足的表情
我那天又累又饿
几个小时下来腰酸背疼
我怨恨地看了父亲一眼

觉得书记一点用处也没有
父亲在那里谈笑风生
一只乌鸦扑棱棱从旁边的树梢上飞走了

多年以后还记得那天卖粮的情景
不知道父亲为什么那么
满足

那就是她走过的坑坑洼洼的一生

那一年母亲在县火葬场火化
参加完母亲的追悼会　我就赶回武汉
上班　叮嘱小妹装好
信封里的母亲那么瘦小　她的重量可以忽略不计
以至于我怀疑能不能寄到天堂
我把在西藏带回的金黄色经筒打开
小心翼翼把母亲的骨灰一粒粒倒进去
像收藏母亲最后的叮咛
母亲的骨灰火化得凸凹不平有大有小
那就是她走过的坑坑洼洼的一生
我怎么也不敢相信　我是从这些黑色和
灰色的碎骨里长出的
我这个不孝儿子只能做些苕事
在出差途中我又寻回念珠　十字架　香台　观音手
它始终存放在我书房最显眼的那个书柜上
每次开那个书柜我一定先跪拜三次

母亲也有土坟和石碑
湮没在村后一大片荒草里
石碑上我写的字已经模糊
这么多年我很少回去
于我　打开书柜就能见到母亲
就是清明

妻一直小有意见
觉得书房有些压抑
几次动议把母亲移到地下室
我不能让母亲住在那里
因为母亲一生怕冷
前一阵我终于费力地把那个书柜挪到阳台上
现在她最小的儿子
可以天天陪她晒太阳

故乡在他的弦中越来越瘦

1

四月的一个晚上
大哥坐在平原的一个拐角和几个村干部一起开会
大哥想发言　突然无声地从凳子上滑倒在地
大哥以为那是一张床
梦见了父亲和他拥抱

2

大哥只要在地上睡上一觉　让血压
小憩一会儿　再去请镇上医生打上一针
父亲就不会和他相遇
可是　我故乡的河流从不迂回
我故乡的亲人乐于助人
他们抱他　拉他　抬他
然后从小巷子里开出一台手扶拖拉机
大哥沿着乡间小路开始与自己的生命赛跑
　这是他熟悉的道路
　每一处凹凸　如他身上根根肋骨
大哥的胸膛里一路在拉风箱
折腾到了县医院　大哥累了
凌晨四点　大哥被平放在一张门板上
回家了　他胸腔上片片瘀痕
是他一路搏斗的记录
　大哥输了
　他只有五十三岁

3

大哥会拉二胡　他一直
在那两根细若游丝的弦上苦苦寻找
老屋的月亮在他的弦中　升起又落下
夜阑人静　他流出的感伤浸染平原
深夜的斑鸠总歇在他弦上
一串串向漆黑的丛林飞去
故乡在他的弦中越来越瘦

4

大哥年轻时开始与平原上泛滥的水患争斗　但
没有一次从水中站起来
那一年　大哥精心准备
决定和长江豪赌一把
他硬着头皮借了五千元　承包村里几口鱼塘
那场雨刚开始淅淅沥沥　漫不经心
大哥照样打牌抽烟串门子拉二胡
后来大哥烦躁起来
一个人慢慢加高池塘
那场雨下了半个月导致江垸崩塌
最后直接把大哥掀翻在池塘里
大哥眼睁睁看着一条条青鱼鲤鱼草鱼跳跃而出
散落在白茫茫的平原里

5

我们家的高血压　像宅基地一代传一代
这几年我的血压像跑步一样赶上了大哥
兄弟姐妹们总会在一条高压线上
共享一样的痛苦与欢乐
父亲给我们种下了生命之根
也给我们指引了回归之途

雪铓

1972 年生，陕西商洛人。诗歌散见《诗刊》《中国诗歌》《绿风》《延河》等刊；出版诗集《镜中人》《欢喜地走在尘埃里》。

雪铓作品选

低音节

低进土里，用泥土造句
在细雨霏霏的日子，伸出绿茎、青叶

缠绕人世的盘根错节
这是你唯一赋予的嗓音
低沉，清醒，清除其他杂音

走在尘世，灰尘落下来，
雨雪落下来，阳光落下来
都在身上

你已满足万物的恩赐
混合泥土发声，只为感恩

原野诗经

那里的素描昭示秘密，但你

无需刻意探寻一株无名灌木，或者，
一阵风的由来
只需安静下来，在草地上，挨着刺棘花坐下

远处起伏的小山，抖动肩膀，像要干出一番事业
牛羊只想跟随牧羊人，找到鲜嫩的野草
和回家的方向

没有钟声告示时间，只有年代久远的阳光
迈着诗的瑰步，穿过万物的身体

感观之外

更多时候，要学会压制
不能像泉水那样，一味单纯清冽地发表

也不能泪如泉涌，把多部分泪水吞入肚腹
仅余几滴敷衍感观

你的感观冰凉，无法契合内心的火焰
那些噼噼啪啪的爆裂来自骨骼深处
谁也拿它没办法

任由它暴露热情，横扫晦暗
任由它苦苦守着人世，不敢轻易撒手离去

布道者

给废墟加一把盐，长出田野
青草有了思想，向绿和远行进，布满山坡
因此山坡是富足的，在夜里，迷蒙时刻，
给迷惘者以梦的预示，不再退回陷阱

文字在脑海里吹拂
像清风打开洞隧，凿出宽阔
看见无数河流的出口

那用身体言说的人，最终退回自身
藏在悬崖边缘

与己书

你站在荒野，与风、干旱、枯竭对抗
顺便对抗苍老与末路

这多么好，你因此爱上
荒芜的小径，尽头挺立的白杨
和寒冬里透明的云朵

你总要一直爱下去
在漫长的刑罚中，赎罪般爱一株绝望的植物

提炼出香气，在荒芜的途中挥散
尽管，这香那么破碎，又微不足道

河流的一生

那条河走到最后，只剩下残疾的石头
翘首以望，两岸的树木曾经陪伴时日
用绿叶支撑枯竭的午后
现在落下，变成泥土停泊下来
不愿跟随枯瘦的河去更远

一条河流经过长途跋涉，或许最后还是
停在荒凉之地，没有人家和粮食，也没有
鸟儿应和着讲话，只是一道沟壑，或伤疤横亘

那又怎样，一条河的一生
只为激荡浪花，追逐远方，即便干涸与屏息
也是追逐的一部分

武雷公

“80后”，现居内蒙古太仆寺旗。2003年开始写作诗歌至今，有部分作品发表于《诗收获》《北京文学》《草原》《扬子江诗刊》等。

武雷公作品选

夜宿老屋

月光，轰然倒塌
庭院内蒿草长势甚好
晚风吹拂着乡愁的废墟
我曾在此处结婚生子、翻土种粮
以及谋划着逃跑的路线

如今，满院荒草萋萋，凄凉的大雾霭霭
今夜我只身夜宿老屋
整夜近乎无眠。往事
在秋季的草叶中跳跃

晚　上

晚上，父亲爬上楼梯
敲响我的房门
进屋后他脱掉橙色的环卫工服，伸出
因酒精中毒而直打哆嗦的手

“你最近手头紧，这些钱先用着”

六十六岁啦，这是他第三次爬上我的楼梯
还有两次来过我的小区，在夜间
悄悄翻拣楼下的垃圾桶
而没有敲响我的房门

和你们在一起

托尔斯泰在一张黑白照片里祈祷
因满脸花白的大胡子
他的上帝把他视为强壮的水手
那整片海域呼啸在他炯炯的目光里
辛波斯卡、波德莱尔
和你们在一起我感到别人无法带来的宁静
如果你们愿意，就喊我兄弟
不知天高地厚的兄弟
我是农民。——很少垦荒种地的农民
虽然我的户籍证明我是
我的祖先从未这样说出过
——但如果你们愿意，可以喊我兄弟
和你们在一起的时候
我感到宁静，以及宁静中的
那种喧嚣的愉悦

出　走

为什么非要出走，一颗心才可以回家
为什么非要到比家遥远的地方打拼
才能讨回一份幸福
为什么非要用泪水证明一生奔波的苦楚
为什么非要用一阵阵秋风，来绊倒跌跌撞撞的人蚁
为什么非要让我的笔，痛了一次又一次
让汉字哭了一次又一次，我的灵魂才得以救赎

为什么非要出走，月亮湾才能迁居我的心里
为什么月亮湾的月亮在异乡的井底
让我看到了惨白一片

秋天了，怀念一个人

又一个秋天来临，风中
你写过的芦花，还在漫无边际地飘零
白茫茫的，在时光中落了寒霜
你的墓碑，也凉了
老哥哥，你曾盼望着
拥有一块有山有水的好地
埋下你的白骨
好了，现在如愿了
对于美好的事物，你奢望过

我也在贪求着
但我们都知道，它终究
会成为一块坚硬的伤疤
最好能像芦花一样，随风飘散
睡吧，秋风吹落花籽的时候
你要在地下好好珍藏
寒冬过去，万物都会
得地而生，依地而长；那时候
你要捧出那些种子……

荫丽娟

1971 年生，现居山西太原。诗作散见于《诗刊》《中国诗歌》《诗探索》《诗歌月刊》等。出版诗集《那年那雪》《眉间书》。

荫丽娟作品选

落日吟

我们随时都可能陷入
这迷人的光芒里。但它
很快就会消失掉。

有时我也是
落日的一部分。用尽自己，怀揣
一点空欢喜，相信藏在山背后
就是对你
温柔以待。

无所谓日薄西山还是更西边的山
一个人远走
一只失了魂的橘子
还半挂在天上

另一种情境是：
落日正圆
而我已把对你的爱枯坐成茫茫夜色了……

路上的诗论

我怕路上只我一人，也怕
到处是人。
春天每年都虚设一场盛宴，让
花是好花
月是明月。
需要蜜蜂，刺破
修辞，大风不停吹走浮云
之上的感情
多年后，一个老司机似乎驾轻就熟
却依旧辨认不出一小段
分行的路径。
落日又一次跌倒
在路上。落日沉沦是不是在道说
无形——
总盼望，路的两边
没有一棵成竹，陌生的鸟整天在新叶上
跳来跳去的

……终于，一个孩子
经过了我
他眼里住着我想要的星星——
不高调，更不闪烁其词。

病中杂感

今夜
我的身体是一架旧风琴面对春天
丢失的手指
所有花开，已无调式。

发烧的一朵，请别在流年的短小衣襟
咳嗽的另一朵
暂且吐出
在人前，不愿启齿的淤积。
春花在身后
成片倒下了
我的身体已抵挡不住春天
走漏掉的一点风声——

于是中年成了
一片长着好几个虫洞的叶子
除了光线、雨水、雷鸣……今夜
连整个世界都可以穿过去了。

闰四月

如果此刻
认清了什么，别急着说出来

有些真理适合
古书卷一样束之高阁。

做过就做过吧
那些被耗光了的心力是我欠世界的
也是世界欠我的。

揣着明白当糊涂的人
最不想赤裸裸
经过。我相信消失的事物还在
另一个四月
芳菲着——

如同开败的桃花又开一次
如同一个人
掏心掏肺的样子：
辜负自己
半生，还要把岁月的冗长复沓奉若神明。

于耀江

1956年生，吉林四平人。在《诗刊》《人民文学》《星星》《作家》《诗潮》等刊发表诗歌若干。出版诗集《末之花》《个人风景》等多部。曾获第三届吉林文学奖诗歌奖等。

于耀江作品选

从经验里取出一把伞就可以了

一辆汽车开走了。停车的地方
因为下过雪，留下一辆汽车在那里停过的形状

我是一个步行主义者，每天都完成自己的
主张。雪花落在脸上有种融化的感觉

开始的走，路越走越长；后来的走
路越走越短。一朵带有哲学思想的花朵盛开了

这个以车代步的时代，我的慢不是走得慢
是身边踩下的一脚油门，唰的太快了

一边走路，一边进入意象的感觉
心放在不知道的地方，不知道的地方也是地方

熟人经常错过了，熟人通过熟人告诉我
今天见到于耀江了。我怔忡了半天

走路，认识了不同的天空和不同的云
却不敢去象征。从经验里取出一把伞就可以了

当年停在不再走动的指针里

锁在抽屉里的几块手表，因为
不戴了，指针停在不戴的不同时间里。扔下的
时间，里面藏着我当年怎样的生活
现实接续着，门前的河水头也不回地流去
现在的我，离当年的我已经远去
当年停在不再走动的指针里，张开的剪子
停止了张开和剪去，完整保持在旧里
旧的被新的代替，旧的过去就被人怀念了
戴手表的那些年里，手表是个装饰
因为忙，走在了时间前面，没有工夫去看
落在身后的时间，到底走到哪了
从有时间的概念开始，到后来的可有可无
指针里的年龄，从尖锐一下子变钝了
不知不觉，手表成为摆设，镜子放在光里
是为了照耀门缝，一进一出的大小
每一块手表里的指针，都停在了不同的时间里
不同时间的停，怎样和后面联系起来

一把椅子，从生活深处搬出来

一把椅子，从生活深处搬出来

靠近窗户的玻璃，阳光一下子落在了我的身上
久违的感觉，让我半天说不出自己
我不想说出的自己，沉默得像身上的衣服
心随着树枝上的麻雀，上下跳动
主观被客观比喻了一次。背景的蓝色铺来
有风有云，构成了我们时代的天空
看不到这些，我的生活还保持角落的形状
角落里的椅子，用木头的腿在支撑着
读书是有分量的，读完的想也是有分量的
树叶落了，有的颜色就夹进了书里
曾经的风声，曾经的雨声，经过的天气里
更像天气经过了我。所以坐在椅子上
一个瞬间，每棵树的气息，通过椅子向我走来
坐下来的读书，是站立起来的生长

谁制造了早晨的大雾

谁制造了早晨的大雾，对面的楼
看不见了，两边的树看不见了，玻璃里的自己
也看不见了。可怕的是看不见自己
感觉上存在的自己，被社会突然给弄丢了
语言和汉字是一种藏匿的空间吗
教堂里的钟声，按着时间整点的数字敲响
往日呼啦飞出的鸽子，今天在雾里
这头的时间，那头的鸽子，也在互相等待
我的日常生活，突然没有了日常
只有突然不会过的生活，放在玻璃的后面

上面的一滴水珠，从脸上拉了下来
晴天里望出去的远，都纷纷跪在我的眼前
我要用多长的时间生活在大雾里
是一生里的一小会儿，还是一小会儿里的一生
上帝在虚无的地方，正在看着虚无

车头的铁皮盖子热得发光

一辆大卡车过去了，尾部喷出
散发柴油味的一股黑烟，那么多轮子排得紧密
运载的重量被每一只轮子分解了
在陡坡上往上爬，没有紧张和吃力的感觉
城市刚刚叉出来的外环公路上
中午，两边杨树叶子的斑驳好像一张大网
麻雀的吱喳声从叶子背后嘀嗒下来
如同把杨树叶子的影子，从杨树叶子的灵魂里
从很高的杨树上，直接叫到地上
一辆大卡车苫着的苫布，把车上拉的内容
盖得严严实实。不是秘密显得秘密
是秘密显得更加秘密，尤其想要经过的远
远得，不知道什么时候才能到达
车头的铁皮盖子热得发光，不知在哪个角度里
遇到哪块玻璃碴子，碴出来了一道光

赵俊

“80后”，浙江省湖州人，现居深圳。专栏作家。诗歌散见《花城》《诗刊》《上海文学》《中国作家》等刊。出版诗集《莫干少年，在南方》。

赵俊作品选

关押影子

在这个午后，我用自己的影子
丈量城市建筑的高度
最终悲伤地发现
它们的影子吞没了这把卷尺
我东倒西歪的样子，被收进
城市密集的集中营
里面关押的很多影子
和我一样无法释放

这时候走散的鸽子
会被豢养者放出，练习飞行
而我们每天的放风，就是对着
建筑物里摇晃的屏幕
将这些字句塞进浩瀚的互联网
那里没有阳光也没有镜子
所有的物体都不会成为虚像

以前的月台

以前的月台，可以一边
追着要走的人，一边擦拭眼泪
将每一个细节都演绎成
一部二流文艺电影，对自己
实施催眠术。将痛苦
打印在火车站白色的纸面上

在同行者视网膜的镜框里
这些纸张将被装订成册
这畅销的表情，成为过客
精神行囊里轻盈的礼品
带着它，在天涯寂寞的小旅店绽放

他们温存地住下了
折叠的表情变得破旧
一觉醒来
对面高铁站里闪耀着
金色的大字，那个书法家
也曾和情人上演过类似的离别

分手之后，他人生的梦想
就是将高铁站，变成
市郊最繁华的去处以至于
所有的离别，都无法

在最后一刻变成蓓蕾
再一次被温柔地演绎

节　奏

他们迷恋小人书的时候
我开始迷恋姑娘的腰身
探寻那里所隐藏的遗传信息

当他们迷恋腰身
我开始迷恋星空和宇宙
开始掌握一门秘密语言
我不得不承认，星辰里所有的秘密
在后来的日子里，开始隐藏在
姑娘的妊娠里，那里是神将
泥土变成人形的地方，是宇宙
所有秘密的缺口

现在，当我说出这些秘密
回到原点。他们故意点头
他们不知道，我正在准备转身
我这些节奏就像我小时候
过斑马线的时候，故意给
自己设定一个难题

比如我要在 15 秒之内通过这个路口
那我就能够永生

而常人和平常的我都无法做到
我默默告诉自己
要想永生，总要异于常人
否则，天堂将人满为患

外婆在深圳的日子

纵使她曾是最开明的村妇，
她曾祈祷女孩降临，
曾带头试吃古怪的食物。
可她依然有着城市恐高症，
那从地平面锤炼的生活技能，
在此地上演着零和游戏。

她变成非著名的隐居者，
像那盆她从山野中带来的春兰，
在密室的食谱中，
香气被反复咀嚼和吸收。
她甚至不愿意走入寻常巷陌，
用幽香去治愈罹患孤独症的门牌。

只有在回乡下前的那个午后，
她才真正愿意去探寻隐秘的街道。
在京基 100 大楼喷水池的水柱前，
她的羞怯第一次被洗濯殆尽。
可一切都已经注定，
飞的轨迹将再次让她变成山间“小隐”。

即便她想真正接纳城市多元的脸，
她也已经像季风一样将驶离轨道。
这一切都将在一张照片中得到定格，
为了配合她古旧审美的需求，
多年来我第一次让它变成纸质，
这让我再次漫游她价值观的宗族。

甜食恐惧症

幽闭的味蕾，在舌尖上划出禁区
如果甜区容纳太多的糖分，红牌
就要从喉咙中亮出。怒火将持续地
烧向食道的雨林，赤豆的焰心需要
甘泉来浇灭，甘蔗林却接管了一切。

后来我摆弄着“半糖主义”清癯的脸，
偏离着味觉受难的主题。一张黄牌伸向
肥胖的丛林。健康的刻度表在摇晃，
未被充分燃烧的糖，在体内奔袭。
无法退出场地，这些颗粒搅拌着我。

即使我远离了它的封地，牙龈仍连接
后遗症贫病的土壤。它留下的权柄
仍在深处散发着诡秘的笑，无法医治。
当地方性的食谱中添加着剩余的子嗣，
它依然在蠕动，蚕食着我的枝繁叶茂。

猕猴桃野生外传

至今我仍不知棉絮的魔力，
在它包裹中的猕猴桃为何速熟?
山中的灵气奔跑到绵软的身体，
让周身涂满它渗出的黄绿色汁液。

我甚至从未看到过猕猴桃的母体，
在很多年后，在守山老夫妇的屋旁
它藤本的植株显现，代替我对
它挂在一棵树合理的想象。

只是，和他们同龄的祖父
再也无法迈开脚步走进它的群落。
我在一部纪录片中看到它攀爬的魔力，
是如何完成它对一片森林的寄生。

我能想象在我家乡驳杂的灌木丛，
它却只能匍匐在低矮的哲学中。
他用腰间弯刀挑开荆棘和蛇虫的迷魂阵，
将不饱满的颗粒偷渡回味蕾贫瘠的故乡。

张牧宇

“70后”，满族。诗歌散见于《诗刊》《青年文学》《作家》《诗选刊》《星星》《诗潮》等刊。出版诗集《沿着时光》《又轻又小的美》。

张牧宇作品选

婚姻生活

一棵树的内部
年轮套着年轮
从青葱到结出坚硬的褶皱和疤痕

时间太久了
它不记得疤痕的来处
有的是淘气孩子的刻画
有的是外力坚硬的碰撞
有的是被闪电击中的断裂
有的是钢铁锯齿的砍伐

它的柔软越来越少
疤痕的部分变得粗粝
沿着树干长出冷漠的眼睛

他坚信她可以自行愈合
年轻的时候也是这样
这次，他随身份证邮寄过来血珀手链

柔软地挂在她的手腕上

理想生活

她不想再死去一次
理想生活，只不过
是用理想蒙上眼睛

身体不同意这样的观点
经常以突至的疼痛反抗
但很多时候
她选择回避令自己愉快
或者这样也好——

我们用一次酒
从眼泪汪汪到后来开始痛饮
仿佛喝掉许多怨愤
哪有什么理想生活！
抱怨是最糟糕的状态
“要活出自我，脸上带着光”

果然，我们笑出声音
把身体里的少女拽出来
脸颊放肆地红润，充满光芒

大 雪

它就是风暴，是最后的
汹涌告白，要把冷进行到底

此时正好，煮酒将云暖散
大雪就来了

大雪就来了——
衣领束紧的人
已不能体会它的美

尘世啊
终将白了头

春日傍晚

走着走着就没有路了
我们选择依然前行
黄土堆积的高坡和一些石块
野草没过膝盖，废弃的厂房前
一片静默的水和几棵树
接着走
有几座坟茔在傍晚的荒凉里
一回头

那几棵树倒映在水面上
安静极了

再走，看到零星的房子
有人在院落中种菜
那个老人看到我们
露出豁齿笑起来

婆婆纳

有多少事，可以界限分明
对错之间随着时间转换角度
这么多年
身体里的破碎渐渐愈合
终于可以去爱一个有伤痕的人

事物褪掉外衣
散发出温暖的味道
春日的某一天
婆婆纳吐露蓝莹莹的花香
路过的人，郁结的愁绪就放下了

大雪太厚了

一场接一场，大雪
覆盖着田垄、稻茬和衰草

填平原野上的沟壑

记忆的树睡去了。母亲
这个冬天我终于做到放弃
气泡虚空的色彩和欢愉

你就是我的镜子，母亲
我抑制身体里的冲撞
使之平和，婉转，修整破败的生活
我带着你未曾打开的性情
完成我的一生

我一直不想成为你
对不起，母亲。

黄挺松

1971 年生，安徽怀宁人，现居江苏。诗作见于《诗刊》《十月》《清明》《西部》《星星》《扬子江诗刊》等。曾获 2018 年度安徽诗歌奖。著有诗集《安静的灯光》。

黄挺松作品选

深夜听雨

深夜，入窗的雨在倾身宣泄
我恍恍惚惚中听见了它们
当我宁静下来再去听取它们
它们是脚铃铛、手风琴、踢踏的马蹄
——那已是分配了它们的我
不由往来，一意地在其中流落远去

铡刀

可以铡草，铡纸，铡人头
可以铡得更细，更快，更麻木

草渣、纸屑、血流在喷涌
力度、速度、快感度在协作

好在那些被铡开的空气和光线
须臾弥合，无法被间离

好在世上总有百伸不进的黑暗
是在那里，铡刀锈成废铁

如果行道樟只长枝叶

与见异思迁的人世相比，
头顶这棵叠翠而上的行道樟树
理当有常而又空性了吧？
那么多流年如火，立身不移。

如果有幸逃脱了楼宇的弹压、
线缆的穿凿和灯光的纠缠，
树冠笼络方圆的那一片天空
既难得损失，也无意增持。

车辙重重，人烟茫茫。
行走的尘网里，倏忽白花如苔，
倏忽浆果泼黛。而渐次隐约。

假使可以，我在树下拒绝远去。
我疲倦了。但宽解自己的游离
需要忍耐。在暴露的主根上坐下，
我为脚步致歉。一种沁凉，

来自树顶奋不顾身扑下的积荫。

迁树日记

楼下的好多棵高大榕树
正在由工人们忙乱地迁移走。
我不知道。为什么。
这些惶惶的树本身是否知道。

我只知道。这些树长久地
被我确认为，是天地的联结，
远近的联结。我和外界的联结。

在铁锹、电锯和手工的密谋下
除了嶙峋的主干，大树们
几乎被剥离了所有的枝枝叶叶
和更深部分的根须。树洞睁着，

多像土地的复眼。我只知道。
它们即刻将被掩埋，这些不得不
残留在我脚下的根须，时间
会消化掉它们。隐秘而艰涩地。

刘源望

“60后”，湖北通山人，现居武汉。诗歌散见于《诗刊》《特别关注》《延河》《长江丛刊》等。出版诗集《月光下返青》。

刘源望作品选

浪尖总是离天空最近

一粒小石子可以与镜子同归于尽
一块大石头，甚至一座山
却可以被波纹稀释
浪花只是热闹的部分
如同风吹草低露出的牛羊脊椎
也如同山顶遭雷击的树尖儿
镜头中的他们是凄美的
事物总有露出的部分
其实化妆后的疤痕还是疤痕
掩埋的不一定都是种子
风，能让石头腰折
却常常被浪尖吸住，仰望北斗

风总是撞在悬空的地方

风，有骨头的部分
总是撞在悬空有脊椎的地方

风刨根问底，其实始终
是在与一种有根的东西较量
在一个度字上，使出浑身解数
摇摆也是一种立场
他得意的是无嘴能吹响号子
柔软得能像刀子
他从来没有收尸的习惯
他也成不了一个容器
谈起他，江湖上满是皱纹
只是空气从不生风的气
他早已习惯了没有轻重的风言风语
连石头都成了风化石

牛真实的样子

牛的雕塑，总是被人
雕个倔强般的头而臀部扬起
显出角斗时的姿势
而我记忆中的牛，大多时候吃着
田坑地边悠闲的嫩草
尤其让我好奇的是
那些有着锯齿的嫩芭茅
竟从来没有割破过他们的舌头
趴着歇息时，就在树下
不紧不慢地回味一天的遇见
掺和着美滋滋的唾液
而系着时，眼神总是迷茫的

苍蝇在他的眼前飞来飞去
说他爱恋且奋蹄那一亩三分地
只是诗人的一鞭之辞
放牛娃娃骑在背上，他知道是一伙的
他摇尾巴时，应该是山里伢
摘一片竹叶当哨子

路亚

1968 年生，现居上海。上海师范大学毕业。有诗歌散见《诗刊》《中国诗歌》《诗歌月刊》等刊。出版诗集《幸福的秘诀》《一阵风吹草动》。

路亚作品选

散步小记

清晨，骑着单车双脱把的追光少年
唱着我没听过的歌驶过我身旁
他们放慢了速度——并不需要智慧
只有善意才能体谅别人的迟钝

午后，风吹落叶一路卷过来
我看见一位穿着破洞牛仔裤的姑娘
鲜嫩的年纪，做旧的衣服
譬如荒原之上的花朵一般耀眼

傍晚，夜和音乐一起亮起
她和他相拥的眼睛也一起亮起
有人见了扑哧一笑，我却想告诉他：
请尊重有情人，不要嘲笑中年人

夜色已深，老人们还聚在广场
我独自散步：真傻啊，我曾经为了
成为他们中的一员而疲惫

现在，独处在我的体内注入了安静

耻

一口大锅，纸核桃在盐花里翻滚
发出啪啪的声音
铲子锃亮，脸蛋黑红
一张女人的脸上
汗珠在秋天午后的阳光下迸裂
她哑着嗓子，对我说：买点吧
声音很轻，这让我觉得自己可耻
我化了妆，这让我觉得可耻
我在心里同情她
这也让我觉得可耻
“那就来一斤。”其实我并不爱吃
她用粗糙的手捞出大把大把的纸核桃
动作迅速，给我称了四斤
我走时回头看她，她露出感激的笑容
这让我倍觉可耻

去看一棵去年的树

没有比一棵白杨树更洁白的身体
无欲使它发光
它在冬天挺起腰杆
脑袋嵌进永恒的蓝里

它有触须，却不试探招摇
飞鸟的床，再一次在它身上裸露
鸟留给它的孤独，被它消化
拜时间所赐，它活着就像从没活过

光从躁郁症患者头顶灌下
他们的伤口浸在光里
那些似是而非的，能杀死人的东西
它无声地命令他们放弃

在它底下走出的人，都是明亮的行人

河　岸

绿手指垂下，埋进上一季流水
世界隐退到喧嚣的对岸

水面上掠过一声鸟鸣
一个溺水的灵魂被抱出水面

我在岸边的榕树上寻找那只鸟
鸟鸣因我的一再侧耳而存在

我从流水的永不停歇里获得绝望
又在鸟鸣里获得了希望

而从不发光的石头沉默着
保持着恒温，稳稳地坐在岸边

一枚枚松塔枯卧在河岸的树下
获得了长久的寂静

雨　夜

我是春夜里的一棵玉兰
被每个春天丰盛的雨水救活
对叶的渴望让我伸出了颤抖的舌头

春风像一匹电力纺，哗啦啦撒过来
在熙熙攘攘的雨滴里，我学会了隐身术
学会了在万物的轰鸣声中沉睡

无辜的雨在你缺席的地方弹跳
你赋予雨永久的伤口。雨下进我体内
我赋予它更泛滥的雨

在那些舒畅的日子里
当云层压低，我们穿行在茫茫人世
谁会相信大雨会将我们打湿

辰水

1977年出生，山东兰陵人。参加《诗刊》社第32届“青春诗会”。曾获第三届红高粱诗歌奖、首届山东文学奖。作品入选多种年度选本。著有诗集《辰水诗选》《生死阅读》等。

辰水作品选

若是狂风大作……

你相信有风，便有了风。昨夜，巨大的楼体
似乎在摇晃，像一艘夜航船。
此刻，无法入睡……恐怕连一盏灯，也不敢
轻易熄灭，遁入黑暗。无数的残片
于风中相逢，却转瞬间分手。
那些刻在上面的文字，亘古而神秘，如神谕
比烟云轻，比历史重。
身处琐碎之世，一个人的性命，太过卑微
又轻如鸿毛。微信圈里辞世的朋友
他的头像还依然鲜艳，且含有笑意。
那些鼓噪进入耳朵，如风的呐喊，经过崎岖之路
独自享有那份凄楚，回味。
推不开的窗，外面是狂躁，不安……
我的视野过于辽阔，一个小小的县城，在我疲惫的呼吸里
喘息，幽怨。然而，那里面隐匿的财富
在大风之下，纹丝不动。
天下的银子都一样的沉重。

短暂的欢愉如霜花

冬日。清晨的霜花让人惊诧于
它的美与复杂。这自然之美胜过人工之美。
只是短短的半日，霜花便隐退
消匿于无形。日复一日，北方的冬天
如上帝之手在玻璃上作画。我无从窥视
其中的某一天，转瞬也是一种生存的意义。
而所谓的永恒如斯，气温更像哲学
那样难以捉摸。有时候，我也常常叹息
这忽如其来的爱，像洋葱
——那样刺激，令眼泪流出来。
实际上，在我记忆的词典里，欢愉也如同绝望
必须跟随着一场暴风雪踉跄地走……
不断有坏消息传来，在北风里，一切的对抗
近乎无用，螳臂当车。
而我仅有的温暖，如海面上的舢板
在惊涛骇浪里求生。然而，一切并非如我所愿
早晨的霜花到了中午，就不见了。

细雨之结构

细雨的克制在绵长的旅途中，从天空到地面
一直是它不同的兄弟在奔跑。昨日的雨
跑到今夜，依然还在喘息不已。

不敢轻易抓住的一滴雨水，也有着一身晶莹的前世
以及变形的忧伤。或许是太苦闷了，
细雨的哀愁，只有同类才能懂得。碾碎其中的一滴
一天的光阴就碎了一地。此刻，闷雷响起
我想起多年的雨，也是如此细小。它足以让
漫长的少年变得那么短暂！

雾凇的秘密之林

趁着凛冽的寒风进山，一个人享受
片刻的孤独，而无法停止脚步。于是，干脆
将这片秘密的丛林，在纸上划归己有。
昨日的雾凇，让松针更加晶莹
如银针，针灸着这片山林。我仔细打量它们
冬日的莽山，容得下上天的臆想。
支持我重返这里的雾凇之景，让阒静的心
回归身体。此刻，美是一种自恋
对于一个接近中年的人，自责近乎徒劳。
我如果还残存一丝激情的话，也正如
树枝末端趋向空气中的那片雾凇，那么虚妄
有着假释的自由。而在我的头脑里
这片山林便是思想的隐匿之处，冻僵的地壳
坚硬，如我不可更改的内心。
对于未来，我似乎并无过多幻想
如雾凇一样透明、容易融化的一生，更无
过多秘密可言。唯有不规则的行列
让这些普通的树种，在瑟瑟发抖中抗拒严寒。

为萤火虫寻找庇所

越来越少的萤火虫，乡下的萤火虫
它们已无法进入城市
我熟悉它们的命运
犹如在黑暗中摊开手掌

为它们寻找灵魂的庇护之所，短短时光
折断透明的翅膀
坠入水底、草丛。它们该往哪里去？
光亮自底部升起
又坠落于淤泥之中

在更低的底部，我仰望天空
这些飞舞的萤火虫可以谓之“星星”
匆匆飞过的星星
它们构成了一条虚拟的银河，存在
为天空划分视野

而萤火虫永不消亡。
夏天，我们裸露着皮肤，追寻——
那移动的荧荧之光
反过来，又庇护着我们胆怯的心灵

挖掘那块土豆地的下午

并非有足够多的回忆，翻越
黄昏的栅栏，逃走
想起光线昏暗的那个下午，在一小块
土豆地里，张望远方的群山
父亲，一身的斑斓
像一只病恹恹的豹，带来
不安的气氛。或许
土豆是最好的慰藉，藏身土中
等待一次最后的晚餐
挖掘。每一次都像是取出中年身体里的积淤
一枚接近椭圆的土豆
如放大的肿瘤，安身，立命
又不断地复制自己……

漆宇勤

1981 年生，现居江西萍乡。曾参加《诗刊》社第 35 届“青春诗会”。诗歌见于《诗刊》《星星》《青年文学》等刊。出版诗集《在人间打盹》《靠山而居》《翠微》等 19 部。

漆宇勤作品选

暗　藏

穿黑衣走在深夜街道上的人
像误入敌国领土的国王
像闯入凶杀现场的老实人
他多么手足无措小心翼翼

有无数双眼睛在看着他
像白天的人们也被暗藏的眼睛看着

繁茂的草木深处蕴藏着多么丰富的死亡：
腐草、虫蚁拖拽的其他虫蚁、杂食动物的食物
当然也有无边的生命：
腐草之上的菌菇、虫蚁、小兽

这世界上最精彩的部分
都在没看见的地方。它们却在看着我们

承　认

细小的沙土承认参天大树
柔弱的水流承认庞大舟船
我相信这种承认定有意义
定有更深更远处的指向——

除了犁铧和斧头
我不承认一切尖利的发明：
枪炮、弹药，甚至包括大刀
针尖般的心思，以及尖牙利嘴

四月廿二去上栗

五十里高速上不见其他车和人
那干净又宽阔的公路和桥梁让人恐慌

繁忙的人间出现缺口
繁忙的春天打了小半个盹

仿佛这清早的时光已脱离掌控
我和我的车已不在真实的人间

薄雨抑或微露让柏树的新枝泛出淡白
氤氲的浅雾是每日相同的，在矮山作为中景

我确信有与我相同的人奔波在人间
在萍乡去往上栗的五十里高速道路上

他们错开了与我共有的一小片时间
也完美地赐予我一整段干净的马路

沿着一百二十码的呼啸
生活里偶然的欢喜犹如高架桥两侧树冠闪过

某月某日

夏天里去看一群奶牛
牧场的工人将它们一生安排妥帖：
某月某日配种，某月某日产奶
某月某日进入下一个周期
这背井离乡来到南方的奶牛
在狭小的荒地咀嚼足够的饲草
假装活出在遥远草原上的滋味

接　受

青葱的叶簇间躲藏着细小飞蚊的族群
它们与同样善于繁衍的苦楝树相安无事

星期日经过郊区回到山村

长大的苦楝树已屈指可数

一棵斑驳的树木看着孩童掐它的果实
知道你在攀爬和摇晃着它

它不说话，也不反抗
它接受现实的全部细节

清洗石头的人

在海滨酒店花园里清洗石头的人
手持高压水枪，如临大敌
将水池底部蒙尘已久的石头清洗得干干净净

一场大雨打断了他的工作
十分钟后他又重新开始
为着美好的所在忘记疲惫

当放空的池水又一次蓄满
我们看到眼前的一切多么清亮：清水，黑石，美人

在幽兰

向葱翠的藜蒿报以外来者的好奇
在南昌求学，谋生，四年时光不足以
走遍一座英雄城。不足以抵达幽兰

幽兰属水也属山，在草木间揽镜自照
东田，南山，青塘，马游……
多么美，我们骑行经过的每一个村名

四月的清风若吹来，兰香便弥漫
幽兰的清影若入梦，夜色便安稳
而米粉让空荡的胃熨帖，让寄居者
拥有每个清晨的氤氲和温暖浓香

在幽兰，找以兰为名的客栈闲居
今夜不讨论汇率，不说唐时的古人
只看身后的一小串地名：渡头，流芳
我们便完成一次君子般的抵达

抱一本书进山

被掩饰的行经之路
多像一条微微鼓起的血管或青筋
急行军的白蚁在香樟腹部挖出沟壑
又沿途堆垒精致的穹拱密封成管道
初夏的雨后密闭的窗户阻止不了翅膀脱落的飞虫
为着简单的繁衍，白蚁将半生过成三生

而蘑菇只有相同的一生
它们不落叶也不蜕化翅膀
被雨水怀抱便温润，离开泥土便干瘪

这山里的事情秉持简陋的准则
不羡慕你熟稔农事也不嘲笑你一无所知

在东周列国志里，一个瞽者洞察万物
像站在高处的人闲看白蚁与蘑菇，激烈与安详
我不确切记得是否有这么一个瞽者
但合上硬壳封底的时候觉得他似乎应该存在

张静

“70后”，湖北十堰人。有诗歌散见于《诗选刊》《青年文学》《星星诗刊》《诗歌月刊》等。著有诗集《天边的云彩》《花开茉莉》。

张静作品选

这略嫌嘈杂的世间

我确幸这声响来自窗外的香樟树
来自那只长尾巴鸟
它的声音透过香樟树叶发散出来
裹挟着稠密的绿色气息　穿透我
告诉我　这世间除了嘈杂的喧闹的声响
还有这清脆的原生的事物
将室内慌慌张张的日子洗净
使其归顺　安稳　温良
那些叫人焦虑　不安的奔忙停泊在一粒鸟鸣上

前几天还是枯藤的爬山虎
再望时已举起或微红或碧绿的小手掌
拂去生命里黯淡的光影

春天正逐渐走向纵深
逐渐逼近我们身体里僵硬的部分

结识一棵树

我愿意停下来
看你　用恣意的白
一朵一朵开满我的眼睛
不知道你是谁
为什么开得如此肆意

中年的我早已摒弃生活的热闹
今天　被一再消耗的我
更愿意为这样的结识而停泊
解阅　一棵树的前生今世

生命中的狼狈时光
迅速逃离
此刻
不停旋转的生活是静止的

立春　我想去看望一枝柳

看时光怎样摧毁
又怎样获取新生

昨日怎样的凋零和萧瑟
今日又是如何的蓬勃和富饶

立春之日
一个被时光用了又用的人
怎样度过了隆冬
怎样站立枝头

隐秘的喜悦

这个等待的傍晚是为我策划的
一阵接一阵急切的雨也是

适时的电话是打给我的
十堰东出站口是为我开通的
停车场正好的空位是留给我的
那个的士司机在等我
堰丰路的缓上坡为我倾斜

八双纯真的眼睛因我得到延伸
某个方位 318 的门在张望
需要表述的酒杯已斟满
只等我　进入你的、你们的篇章
我们互为段落成为彼此的黑夜
又将开启彼此的黎明

陈星光

1972年生，现居浙江永康。中国作家协会会员。诗作散见《诗刊》《青年文学》《草堂》《诗江南》等。出版有诗集《月光走动》和《浮生》。

陈星光作品选

入　梅

此刻有雨落在夜里。
梅子静静伫立。
蛙鸣和着虫鸣，整个田野
是巨大的音乐厅。

关掉灯，在黑里听雨，
仿佛一队队闪亮的骑士
在夜里急行军。
厚厚的云层遮蔽了启明星。

我隐约的期待也渐渐平息。
该来的终要到来。
万物静默如斯。
每个人都在完成他的因果
和业力，他卑微的生命。

像一曲音乐融化在水中。
被雨淋湿的河，它的呼啸、翻腾

不是哭泣，只是流逝的命运。
穿过恐惧和谎言，沉默的真实
在人们心底，它从未离去。

一水间

这些朴树、枫杨、白楝
在冬日依旧赤裸着
苍凉遒劲的躯体
不逃往别处

一只野鸭在仿佛静止的熟溪
自己与自己旋舞
一只松鼠，哦！一只松鼠
像一片落叶从一株树飘到另一株树

我们也是两个人，一大一小的影子
在冷寂无人的绿道
缓慢着与这片野地亲近

太阳像刚从梦中醒来的眼睛挂在林梢
它的睫毛轻轻拂过我们的身体

喧哗与寂静，这一面水
可曾映出了我内心的倒影：孤单，但是满足

听　雨

淋漓的雨加深了小院的寂静
除了四只小鸭鸡雏
再没有鸟和人声

你坐在门槛上听雨
我从后面望着你
和哗哗的雨

当你站起身来
可曾看见我的眼睛
一只趴在你身上，一只落在了雨里

来来往往的人间留下了影子
我凝视着你，仿佛这个下午
就应该是生活本身

突然悲伤

有人说：恋爱不是谈的
是坠入的。
有一天，在没有察觉到的时候
头朝下坠下去。

我突然悲伤。
她们坠下去时我犹疑，
我头朝下坠时，看不见她
跟随的脸。

星星爬满了头发。
再遇见她们，俱是过往，
所有辜负，都由看不见的命运承担。

回　乡

山野好像还是童年的样子
雨滴绿树如泼墨画卷
没一寸闲笔
只是再也见不到
田野里忙活的人
村庄像一个空荡荡的花园
我回到这里
像一个客人
没有儿童问询
只有老母亲倚在门口

黄金明

1974 年出生，广东人。诗歌散见于《世界文学》《人民文学》《青年文学》《诗刊》《十月》等刊。曾获首届广东省诗歌奖等。

黄金明作品选

谦卑之美

山坡上开着山稔花、牵牛花、金银花和蒲公英
没有一种不是天然的
人工种植的疏果也在开花
番薯、通心菜、白萝卜、西红柿、芒果、杨桃和番石榴
栽种它们不是为了观赏
而是为了获取果实或下一季繁衍
一簇姜花如野兔从溪畔的草丛中跃出
其实姜花羞涩得如一个孩子
这种植物不会结出能吃的果子
也没有什么用途
它们的美常常让人熟视无睹
这个念头像一记耳光打在他的脸上
他于是看到乡村的美无处不在
不仅有此起彼伏的鲜花
还有不事张扬的黄叶、青藤和枯枝
不仅有羽毛斑斓的飞鸟
像会飞动的坛坛罐罐在树林里升降
还有炊烟和稻草堆

最终在一把灰烬里相遇
落日煮沸了河水
一大片金色的黄沙在河床上翻滚着细碎和苍茫。

泪　目

一阵急雨从远山骤然而至，屋檐下雨水断续
犹如残章残简
从一本发黄的线装书中掉落
雨势越来越大
天井上的大肚子陶瓮被粗如锁链的水柱瞬间注满

远山仿佛刚从宣纸上出世，水墨淋漓
山坡上有海碗般大的白茶花
被一个边放牛边割草的小姑娘捧在怀里
她最终靠去深圳打工逃脱了一场包办婚姻

那废弃了的水磨坊、舂臼和井台
也曾涌起猛烈的风暴如今早已平息
那因无人采割而疯长的白茅、须芒草和铁芒萁
在犬牙交错中酝酿着一场野火
那源头枯竭的小河眼看就要断流
那无人打扰的紫薇从灌木长成了乔木

更多的泥房子在绵绵秋雨中接二连三地倒塌
篱笆墙骨折，稻草人号哭
用塑料盆栽种的红艳艳鸡冠花

仿佛是一只只断线风筝
被一阵狂风吹远

雨势越来越大，村庄在你的泪眼中一片模糊
最终白茫茫一片不可重现。

残　梦

祠堂的案桌上摆着神祇牌和香炉。文武庙里
搁着摆醮和游神的用具：
旗幡、木轿、狮头和神像……锈蚀的刀叉仍潜伏着锋刃

你将在草帽和镰刀中度过一个筋疲力尽的夏天
被割倒的稻穗将装入畚箕挑回去
你在重担的压迫之下红肿溃烂的肩膀
跟你多年之后伏案工作而造成的肩颈劳损
有不同的起源而更容易痊愈

在二十岁那年，你终于仓皇逃离了这个村庄
犹如池塘里的鲶鱼趁着山洪逃出了堤坝
当你再次返回时你和故园都已面目全非
你没有见过比你年岁小的人
村庄曾经像你从未见过却因饥饿而早逝的爷爷
那样年轻但如今就像响螺
被掏空肝胆而村巷和屋角长满了荒草
比疾病缠身的你还要委靡不振

你遭遇了一个白发苍苍的老头而他是你儿时的玩伴
他俨然是村庄的古老幽灵——在一刹那间
你和他都从对方身上认出了残留的春花、细雨和童年
也有双方被带走或丧失的欢笑、眼泪和叹息。

阵　风

芋种在残骸上长出了新一代芋头
这简单的循环犹如火焰的复活
淮山或木薯，俨然是最短小的道路
被饥饿的铁锄从土中掘取

白鹤在一株白头的芦苇上伫立
如翅膀交叠的天使（它有一飞冲天的能力
而不滥用。它的胸腔间
有无边无际的天空而无需节省）
它仿佛在跟芦苇一起沉思并领悟了空无……

龙骨水车将水送到高处
耙好的水田平滑如镜
斜坡上的秧苗，将被铲起并重新安插

池塘里有鱼，有虾。一群鸭子
无所事事地浮在水面
不像是在游泳，而更像是散步

柳树垂下的枝条有惊心动魄的美

犹如女子长发及腰而你无数次擦肩而过
你在龙眼树和相思树之间攀援跳跃
只为了安抚浑身发痒的马骝
而你更宁愿自己是一只安静的白鹤

你也最终安静下来
手捧半部残破的《水浒传》坐在树杈上
被花和尚和九纹龙的刺青打乱了思路
而又一再被高衙内和殷天锡激怒。麻雀絮絮叨叨
而白鹤守口如瓶。阵风乍起
一大片芦苇都立足不稳
而白鹤仿佛被风托了起来就像莲花在虚空中现身
而又倏忽不见

你鼻子一酸，想起了表姐在薄衫下鼓胀的胸脯
曾经在十亩桃花中跳荡而她已在金风细雨里出嫁
你强忍着泪水
在土路上狂奔恨不得跑到每一条路的尽头！

嘎代才让

藏族，1981 年生于安多藏区。诗歌见于《人民文学》《诗刊》《星星》等。曾获《诗选刊》2005 中国年度先锋诗歌奖、《民族文学》年度诗歌奖等。著有诗集《西藏集》等多部。

嘎代才让作品选

桑曲河畔

见有僧人练习诵唱技法，河是清澈的
一只年代不详的鱼从下游到上
感觉很费力，活命于巨大的漩涡中
内心立马有转变，太阳停止奔跑
黑暗将吞没河的源头，我并没有好奇
只是热泪盈眶，累得不明不白

狮子吼

我在高处听雪，雪花飘飘

一头狮子
不经意的抖动
让山一下白了

途　中

你可以继续赶路：往前是四川，往右青海，
往左可以爬至山顶，看一看更高的地方，感叹几声
天空中，有飞鸟和云，如何没有一截彩虹
山下的风有点忧伤，不便去打扰更多虔诚的牧人
薄雾早已没有了痕迹，只好把歌声留下来
正以阳光的形式悲悯人类的恻隐之心

早　安

早晨，试图站得笔直
望着急匆匆的每个人，趺趺撞撞
似乎这一天配得上一句早安

一层层凌冽的空气，早安
冻得发烫的耳朵，早安
雪地上至高无上的脚印，早安

雪白的一天，早安

晨，见鹰

拉卜楞寺上空的

云不见了，没有半点瑕疵，像大海
宁静，蔚蓝，又像得道者
不被尘世的力量左右，因此
雪融化得快，风没有方向，青藏高原
显得格外干净，像被谁洗过一样
又像女儿清澈的心灵，一尘不染
左右上下都是爱

鹰有点着急，一度徘徊在上空
抖动翅膀上厚厚的灰

冬季牧场美学

雪还没有停止的意思
端坐风口的牧人说：空无一物
自己仿佛不存在

他的沉思，便是他的职责
小心翼翼地观察周围
并将这个举动延续至深夜

身后薄弱的夏天
逐渐衰老，连刚开抛头露面的花朵也
戴上了一顶白色的帽子

肆虐的风霜是怎样一种颜色
使我们被迫过冬，不听任何劝解的声音

所以，他很无奈

他想象着把炉火烧得
通红通红的场景，又深入痛苦
看透无从辩驳的季节

2021年度网络诗选

中国诗歌网推荐精选

喜　鹊

◎韩文戈

有时候，我想窗外那只跟了我多年的喜鹊
一定背着一座音乐厅，灯火通明。
如果一个绝望的人从它下边走过
一定会听到一场交响乐。
而我一旦渴望沉寂，安静，睡眠
喜鹊就会给我背来一座午后的花园。
当我累了，厌倦了
它便驮我飞进黑夜，那里有一座明亮的音乐厅
一座安息的花园。

豹隐——读陈寅恪先生

◎育邦

万人如海，万鸦藏林
瞎眼的老人，困守在墙角
独自吃着蛤蜊，连同黑色的污泥
几瓣残梅，从风雪中飘落

劝慰早已没有泪水的双眼

愤怒的彗星燃烧起来
冰川化为虚无的云朵
尘埃与岩石匍匐在轰鸣之中
抱守隐秘的心脏，从未停滞的钟摆
低声哼唱青春的挽歌
坠落的松果，指引他
骑上白马，驰向大海

树木，高山，种子
抛弃根茎，静候
纯粹时刻的到来
严峻的墓地，他葬下
父母漂泊已久的骨灰
和一张安静的书桌——
仅仅属于他自己

负气一生，山河已破碎
他从茫茫雪地里，拈起
一瓣来自他乡的梅花
在历史的纤维云团中
蘸着自己的鲜血
磨砺时光的铁砧
火的深处，正生长出
一个浩瀚的星座

寂静的夕阳，最后的悲悯

赋予毁灭以光芒
故乡的花冠开始歌唱
辽远的歌声中，他辨认出
自己的童年，以及
秦淮河中柳如是的倒影

温　暖

◎李满强

冬天快来的时候
父亲、哥哥和我，在老屋门前的空地上
开始劈柴。年轻力壮的两个儿子
像两把钢水十足的利刃

那些苹果木、杏木、洋槐木、杂木
在我们的劈砍之下，变成了长短划一的烧柴
父亲叼着烟卷，按照它们的形状
一一码放整齐。“瞧，有这么多上好的烧柴
这个冬天就好过了……”

父亲离开我们已经三年了
那些木柴，还齐整地码在老屋门前
今年清明回家，给父亲上完坟之后
哥哥劈柴（背影多么像父亲）
我在老屋的门前栽树

有那么一会，我们都不约而同地
停下手中的活计。我递给哥哥一根烟卷
我们吸着烟，一句话也没有说
旁边的柴垛，粗粝而温暖
像极了父亲注视我们的眼神

邮差柿

◎安琪

是柿树挂起小灯笼的时候了！
是你窥探的欲望藏不住的时候了！

是你喊我出去的时候了！
是我胆怯犹豫又暗怀甜蜜的时候了！

是深秋的邮差改换绿衣的时候了！
邮差邮差，你红色的铃声不要那么快急驰过我的家门
我还没写好献给他的抒情短章。

他张挂在我家门旁的小灯笼夜夜散放羞涩的清香
柿树柿树，你树叶脱尽难道只为让我看到他的心事如此坦荡，不带一丝遮拦？

我反复在心里说的话翻墙而过

每一句都被高大的柿树听见，每一句都催促着柿子走向
可以采摘的那刻。

光线和盐

◎潘维

那上楼的脚步发了芽，
一种犹疑拖着泥土；
那托盘端来的早晨，也不快乐。

瞧，蚂蚁麇集起那么多阴郁，
无意义犯了有刺的罪，
天幕上布满了指甲痕。

（也许，我并不适合被腌在酱缸里。）
作为草莓与丝绸的后裔，
我想做太湖的白鱼。

用冒烟的银鳞去纺织
水网：当经纬密布的呼吸
抬高屋顶；

老城区听见，
青一块紫一块的鼓点像蒙受的苦难，
落在牛皮上，

它背负过暴风雨，
也为我的灵魂剧院：记忆，
驮来了光线和盐。

午后的镜子

◎杨森君

迷离的光线与停摆的钟之间
一扇获得了宁静的窗子变得幽暗

它构成空虚
它在我脸上衰老

旧木上的黄昏
移动着花篮悬浮的影子

我已习惯了
眼前可能掠走的一切

我在墙镜的反光里，看到了
慢慢裂开的起风的树冠

近　况

◎韩玉光

大概有五六年了，我一个人
生活在这座晋北小县城。
偶尔，也去乡下小住几日
偶尔也出门
去会会久已不见的朋友。更多的时候
我把自己关在书房里，像一册博尔赫斯的中译本
孤独，傲慢。
我越来越寡言少语了
前天，有朋友来访
说起从前的一些事：我大都记不起来了。
后来说到他自己
几乎每天在天上飞来飞去
好像成了飞机的一部分
几乎每天在高铁上过来过去
却分不清是铁轨的一部分，还是列车的一部分。
我沉默了很久
继而庆幸自己，还脚踏实地地活着
事实上，我喜欢
这样的日子，平静，没有起伏
就像华北平原上的地平线
一直放任着我的野心。
我相信岁月，迟早会成全我的痴心

我爱过的事物
都将返回头来，爱我。

忆童年

◎阿毛

原谅一个羞怯的回乡者
以旧物填满朋友圈的九宫格

我只认得出生地的鸟叫声
画得出它们眼中的近邻与远方

水泥地长出的甜石瓜
断墙边长出的野香菜
被惊喜的手
带至柴火灶旁

我踮起脚尖
看陶碗里的田野
和水缸里的天空

奶奶让我到田埂上
舞穿衣戴帽的稻草人——
我高喊：
“麻雀啊，燕子啊，

过来和我玩!”

你们看
我手心里有爆米花
也有握不住的流沙

弗罗斯特与我

◎唐力

1

他一定在等我，一同前去牧场的
最深处，那儿有一处泉眼
被落叶覆盖，他拨开了落叶与枯枝
用苍老的双手掬起一捧泉水
让我啜饮。于是我埋首于他的掌中
轻轻饮水。我鼻孔的气息吹起细微的涟漪
他手中的水，一点点地从指缝里漏下
自我宁静的影子

2

黑夜、马匹、冰湖、辔铃
他站立在一座树林的面前，注视着
雪花飘飞。而我站在词语之外
隔着一页纸张，看到

一片雪花，落到他头发的深处
就如落入另一座森林
他注视的这座黝黑的森林，不是他的
也不是我的。虽然我拥有
这本诗集，但我也不能据为己有
在今夜，我们俩都不能入睡
都还要走很远的路，他得牵着
犹疑不定的马，沿着
雪花飘舞的道路，一直走下去
我得找一些清洁的词语
洗涤我的灵魂

3

他曾面对两条道路，犹豫不决
他最终踏上一条道路，却把
生命和梦幻、回忆和遗憾，全都交给了
另一条道路：内心永远萦回，永难忘记的道路
我也曾面对两条道路，但我同时踏行：
肉体奔向一条道路
精神奔向另一条。两条
完全不同的道路
却都让我历尽沧桑，遍体鳞伤
而最后，它们都抵达了同一个
错误的终点

轨　迹

◎熊焱

我的母亲怀着我的时候，差点去了医院引产
我幸运地来到人间，就像一滴水珠汇入大河
从此跟随浪花奔腾。整个少年时期
我历经病痛的折磨，多次命悬一线
当我反复丈量生死的界限，我确信人世的远方
不是死亡，而是肉体到灵魂的距离

十八岁时我开始写诗，仅仅是灵光乍现的偶然
后来却成为我永恒的命运。我将为此耗尽一生
我确信诗人的声名不是来自认同与赞美
而是从这世界获得的孤独，比岁月还深

自我离乡后，夜空中的明月总让我想起父母
我确信这不是乡愁，而是血液在奔向它的源头

在我而立之年，白发探出双鬓
人生的积雪正在慢慢加深，直到高过头顶
这让我有着心慌意乱的羞愧
我上有年过古稀的高堂，下有嗷嗷待哺的幼儿
我在中间穿行，却是一手霜迹，一手灰烬
我确信我对凡尘的热爱，不是我的牵挂太深
而是这人世是一个巨大的长梦，我还未从中苏醒

如今我四十岁了，每天都在照镜子
我确信照见的不是我的脸，而是流逝的时间

而日落之后，长夜终将来临
这之前，我还要穿过贝壳孕育珍珠的苦心
穿过青草蓬勃的大地，到处都是生生不息的人民
我将听见一群孩童清亮的歌声，唱出满天星辰
我确信沉默的泥土在最终安放我的疲倦
不是生命走远，而是我出生时就在母亲的臂弯
最后辗转了一生，又回到母亲的怀里

小世界

◎李商雨

如果把这座城市看作一个小村
如果把这座城市边上的长江看作小河
这是完全可行的

万事万物都可以成为缩小版
巨大的松树不是成为盆景了吗
而人，也是小的

一个人，或一群人，走在街上
街上有烟霭（也可以是雾霾）

人的细小，让其成为烟霭的一部分

我已经习惯了这缩小版的世界
我早就经年累月生活在小世界里
只有在特殊的时候，有些事物不甘于其小

它们会在小世界自动放大
比如说，深夜滴水的声音
破晓前星星的光，旧衣服的气味

忆白马林场的堆雪人

◎王子俊

林场很大，但没有声音。除了这场
五年一遇的中雪。
有人说，若运气好，我们会遇到野枣树上
去年的浆果。

……堆雪人，中雪
刚适合。胡乱垒出时，它光着身子。
它的心早寒了，
这个没魂的人，它一定是伤心死的。

我们用上了新鲜松树枝，或浆果，填进它
松软的骨架。

它睁眼，呼出了气，
它突然有了魂，像附近的小树林有只鹧鸪叫着。

高原情

◎赵琼

跑完了全副武装的
5 公里越野
又做了 100 个俯卧撑
星星
已布满了天空

此刻，军营
醒着的，除了他
还有那些在哨位上
伫立的哨兵

在连队的洗漱间
冲了一个凉水澡
（连队配有电热水器
但他从来不用。包括严冬）
又挨个检查了各班的就寝状况后
这才上床，熄灯

与以往的每天晚上一样

他从枕头贴着床板的位置
摸出手机，打开微信
在一个以玉兰花
作为头像的对话框中写下：
“晚安，丽颖!”
然后，点击：“发送”

丽颖，白姓
曾是他的爱人
6 年前，由于缺氧
殁于来队探亲的途中

然　而

◎路云

然而野蔷薇与刺泡花互不相识，
然而一池塘的安静
被几只水鸭赶进了昨天。
然而，思绪仍像黄泥巴地上的雨水
缓缓泻入两个木桶般的眼眶，
今夜满屋子土腥味然而天已透亮，
像澄清之后的桶底，
洗脸漱口烧茶日复一日，
火塘依旧。
然而火塘里的火变着戏法，

笑，你看火在笑，
或用浓烟教会本地人开骂，你蠢啊蠢得冒烟。
然而惊雷过后枯叶比灰烬的肥力更足，
罢园辣椒让某些日子变得珍贵，
然而您不在，母亲，
那个刺泡花开在细雨中像您拨弄着的柴火，
从容，专注，
然而乌桕刚长出的叶片揉红我的眼角。

这些玉米

◎张凡修

这些玉米爬上了房顶
是母亲装，父亲举，我抻着绳子拽
这些玉米，就可以叫粮食了
这些玉米长在地里叫庄稼
这些玉米还叫种子的时候
搅在一车又一车的驴粪里入土
胶皮轱辘压，黑驴蹄子踩，青石磙子碾
一场小南风儿吹过，一场小春雨儿下过
这些玉米拱翻了土坷垃
伸胳膊蹬腿地蹿，开始叫秧苗的这些玉米
费父亲的神，操母亲的心
打垄怕密了，耪草怕伤了，追肥怕少了
晴天怕蔫了，下雨怕涝了，刮风怕折了

这些玉米甩缨子，挂浆了，定粒了
父亲一遍遍跑，撕开皮掐，搓下粒嚼
终于爬上了房顶，这些玉米
母亲开始褪秸秆上的叶子，这些玉米
叶子火软，是烙饼、摊鸡蛋的好引柴
秸秆的火硬，母亲一捆捆绑扎
垛上垛，用两头拴着砖头的绳子系起来
终于叫粮食了，这些玉米
玉米挤着玉米一层层叠一层层垒
把沉甸甸的房顶压住，父亲挨着母亲打着的呼噜

小难题

◎孙启放

清末画家画雪地上的白兔
可简笔：
墨勾眼睛、兔唇；
耳朵尚未折叠，加些许
夫人胭脂盒里淡淡的粉红——

这还不够，必须要有的难题：
如何解决那一行脚印？
据说来自南书房；却拐弯去了
颐和园。墨和纸
维新不得守旧不得；

小白兔的路走了百日，步态
既决绝又蹒跚
工整不得，也潦草不得。

山顶与蝴蝶

◎于贵锋

来自山脚大河边的某棵树，一座公园？
还是山腰国学馆、文溯阁明亮的空气？
或者原本就在旁边，规整中透着
野生气息，大禹行踪促生的一条长廊
相伴的园林？一只黑斑黄蝴蝶在一小片
秋英中飞来飞去。看了很久。像是终于
意识到这就是多次爬到山顶的收获。
大河是另一种方向，知识有自己的偶像
——山水的学生，不辩论，不交流
端坐在自己的位置上。也有几乎固定的
秩序：人与人世；思与思想；神与神迹。
都有自己的眼界。互有交叉。互为彼此。
像河流的南岸与北岸；学术的东西；
行动与神话。这是深秋，在山顶
风吹一阵停一阵，蝴蝶在阳光中依然
喜欢花，与一个人内心升起的事物
似有所不同，似乎在生命中相连。像
长与短，其实也就是轻与重。彼此相对

彼此依存。说不清但很透明。很累但又
喜欢。甚至那些过往的痛里面
也生出一些喜悦。蝴蝶飞着，几乎觉得
它是有意靠我那么近。很想把胳臂伸进
秋英中，变成枝条上的花，但只是想想。
想已经是收获，想象力就是心的能力

立　春

◎秦学祥

我只是把窗口开大了点
我只是接了些水，分发给
兰草，文竹，海棠，散尾葵，袖珍椰子……
我只是把紧匝的羽绒衣的拉链
轻轻拉下
我只是点击了一条迟发的问候
——至于回复也许有也许没有
我只是感到君子兰绿得不再忧郁
天空蓝得新崭崭
风不再尖利而有了几缕柔顺
我只是感到真的不该无动于衷了
面对这四野纯金打造的艳阳
我只是嗵地站起来
仿佛听见有一个声音在喊我

晨雨中突然想到

◎马泽平

我坐过的那把椅子还在
秋雨滴滴明亮，
像困顿中突然醒来的巨兽
剥去椅面上那些已经
掉色的漆皮，
又一点点啃噬结构。
木头也有一颗琥珀之心
接受雨水雕琢，可能
也惊悚过
但现在乖极了
像等着丈夫抚慰的妻子。
我坐过的那个位置
积满雨水，磨损过我尾骨的
也被自然力磨损
时间终究是公平的
借给我们多少
到某一天，就得还回去多少
我常常因此而倍感幸运
北京有很多园林，
但没有一座是我熟悉的。

鸟鸣，搬空乡村的寂寞

◎黑泥

阳光如细雨，落在窗外的草地上
藏在
泥土里的小秘密，早已
放弃潜伏计划

火，来自大地的内心
在枝头
噼噼啪啪燃烧绿色
悬铃木摇曳的风
格外响亮

蔷薇花走出旧式老唱机，爬上
低矮的石头墙
长尾雀、短尾鸟舒展羽翼
练习美声

南风一次次咬着耳朵
多声部的鸟鸣，搬空
乡村的寂寞

秋日的黄昏

◎羽微微

沉重是由于颜色变深的缘故
于是我和影子去湖边走一走
蕨草总带着远古而来的倦意
比不得落羽松，也比不得垂杨柳
影子轻轻掠过湖面
似因喜悦荡起了涟漪
秋日的黄昏，如此地温柔
此时我不想像一朵花那样盛开
此时我想像一片叶子那样颤抖

喊一声父亲

◎涂拥

趁没人，面对冬日长江
我忍不住喊了一声：父亲！
江水并不因此而激动，它老了
瘦下去的河床露出骨头
还漏洞百出
几只水鸟立在上面，朦胧中

像是几块墓碑
我站在岸边，淤泥张开大嘴
已经有水喝不到了
腐烂无法抑止
我的绝望如夏天洪灾
泛滥，蛮横，席卷一切
趁我还在恍惚，儿子
突然从背后将我拦腰抱住
大喊一声：父亲！

日出·印象

◎孟醒石

十一岁的女儿，封闭在自己的奇幻世界中
我们经历的，她也在经历
我们承受的焦虑，她一点都不少
她做什么，我们都支持
她想在内陆丘陵小镇，画海上日出
我拿出尘封已久的水粉颜料
天蓝、湖蓝、普蓝、墨绿、深绿、翠绿
橘黄、中黄、淡黄、大红、朱红、玫瑰红
这些颜料早已凝固、干裂、破碎
她往瓶中加水，唤醒颜色透明的灵魂
浸泡、搅拌、调匀，散发出
儿歌般嘹亮清新的味道

水粉笔在白纸上舞蹈，飞奔旋转的笔触
跳动的音符，斑斓的乐章……
理想的画面，却没有出现
她深受挫败，万分沮丧
天注定，我就是那个永远帮她收拾残局的人
擦干净甩在白墙、木地板上的颜料
但不会替她修改一笔
告诉她，尽情地画吧
我们所在的石家庄郊区，获鹿县城以南
就是克劳德·莫奈的勒阿弗尔港
窗外的太行山脉，就是成群的蓝鲸，浮出水面
露出青灰色的脊背，喷出如柱的水花
远方的晨曦，就是方舟，正在乘风破浪

“听说爱情回来过”

◎桑眉

路灯下
你们在路灯下
雪还没有来
树冠投下浓荫覆盖你的衣衫她的足踝

曾经想为你戴着镣铐起舞的足踝
如今迟疑地伫立
你多哄哄它呀

再哄哄它呀　给它雪野里燃烧的音符

你给出拥抱
给出迟到的抱歉
给出浅吻
给出掀起心中狂澜的轻抚

令路灯下的影子多么彷徨
她多想交出舌尖
多想穿上红舞鞋
多想成为午夜狂奔的发光的小母马

可是呵　少年
你始终没在她耳畔　清晰地
说出：爱

路灯沉默地
映照今年冬天的某个夜晚
将它照旧　旧得像那年

坏掉的门铃

◎李虹辉

没有门铃声的客厅
空荡荡的

那只门铃，已坏了很多年
像生活中坏掉的一部分
我已习惯了一个人
坐在无人登门的寂静中
我想起门铃坏了

只有一本翻开的书籍
门铃声会从
某个故事里响起
而那主人，要经过房间的壁炉
过道，打开那扇雕花大门
我想起门铃坏了
每一次在门铃里起身的人
会让门铃死亡

几年前，在洛杉矶景点
一家旧店铺里
货柜上有一只铜门铃
如异国的历史
我试着去拉了拉门铃的绳子
立刻感觉内心里面
有什么被扯动
我听见是我自己的身体，发出了
清脆悦耳的铃声

多年前坏掉的那只门铃
被重新修复

有谁读过我的诗歌

◎陈年喜

有谁读过我的诗歌
有谁听见我的饿

人间是一片雪地
我们是其中的落雀
它的白　使我们黑
它的浩盛　使我们落寞

有谁读过我的诗歌
有谁看见一个黄昏　领着一群
奔命的人
在兰州
候车

绣球花

◎蒋康政

每年我都会认识几个新物种

世界其实是很旧了
翻新它
也是一门老手艺

比如，在爱人的一头秀发上
我抚摸到了绣球花的夏天

意思是
我开始了翻新的第一道工序

衰败的光

◎西库

我并非因为热爱衰败
才把镜头对准衰败之物
所有衰败之物都在向世界
回馈它们最后的光芒
所有衰败之物都在默默作别
它们都将在春天回来
却都还那么郑重其事
把从土里所受的黄金悉数归还
有时候越老的事物
越不敢怠慢它与土地的那点礼数
比如城南那棵百年银杏
在寒潮中默默变黄

缓慢、持重，越来越亮堂
它的光，它所奉献的黄金带给
世界的美好，需要世界报以
最大的耐心和热爱
——所以我热爱这古老的黄金
热爱它的光甚于春天时
它让我明白在日常的衰败中
也有安抚人心的宽厚和
启迪智慧的博大。它让我接受自己
终将到来的衰败

争先恐后替他活着

◎李志明

天气甚好。我独坐父亲坟前
与落日长久对视

野草疯狂挤满父亲坟头
像凝固的波浪。野花星星点点
如水珠飞溅

庄稼与蔬菜从坟前向周边铺展
似平静的水面或厚重的绿毯

野草爬上坟头，像大海中的漂泊者

终于登上生的孤岛

躺在地下的父亲，或许欣慰
他并没有死去，那么多像他一样卑微的生命
争先恐后替他活着

翻译官

◎高红艳

在我们争论
女贞和冬青是不是
同一种树的时候
柳条绿了，杏花开了
我们的争议
暂时搁置
风大
裹挟着春寒
扑打脸面
向西
是依然耀眼的夕阳
向东
一轮浅浅的半月
已爬上三十三层的高楼
月亮隔空俯视太阳
这使得他们的对话

——意味深长
我站在他们中间
看看这边，看看那边
像是一个空心的
——翻译官

邻居或漆树之书

◎西水

在山野
它们无限地接近风，接近雨，接近冰雪
……当然，也无限地接近阳光
在一本逐页打开的书中，它们无限接近
各种未知的符号

一个个群山连绵的词
一句句群山重叠的句子
在山水随意制造的险绝处
该如何表述，这些每年都在递增的
从未掩饰的伤口

隐忍，或者隐居
它们疗治伤口的药方，可以默认为鸟语
虫鸣、山溪……
可以默认为用作药引的大寂静

它们直立，且朝天空行走

它们还在养着我的老邻居
——村子里那几个孤独的割漆人
它们还在养着，一门快要失传的手艺。

竹　山

◎田斌

竹山纹风不动时，就是一片凝固的海，泛着青
风一吹，碧波涌动，箫声起
一片涌动的海，就是一面招展的旗
就是被风搓洗的绸缎
就是覆盖在山体上的绒被、绿锦

我每次走进竹海
竹枝总挥动着手臂邀我
它拨弄我的头发，抚摸我的脸
把铮铮铁骨和浩然气节示我
这让我自惭形秽，自愧弗如
我承认，它们活得比我潇洒自由

一棵竹，总是挨着一棵竹
它们谁也不嫌弃谁，贬低谁
它们手牵手，根连根

波动就是一片海、一支歌、一段情
它们用清新、翠绿、芳香
擦亮行人挚爱的目光

一根竹被山地攥着，一片竹被山地攥着
似乎不这样攥着，它们就会随时被风吹散
大地只有这样攥着每一棵竹
山才有了生机与活力，人才有了灵思与爱意

风景储物

◎彭杰

黑暗中失神的水声，怎样引动了你？
肉身辗转，试图捕获夜晚催人入眠的力量。
堤岸低声念的姓名，携着星藻向后退却
她也是月落的裙脚，有不时地陷落。

柏舟的不定近似烛火。匮乏遮拦的水域
雾气逡巡中辨听体内枝干的位移。
掌心的潮汐跃过丘壑，借此融化盐粒
那反复的动作将你的触觉一层层归还

一如火焰，披拂着低空的丛林滑翔。
但“人是风景的汇聚，蜗形的梦魇中
急转神智”。她每日照见的镜中

都有着隔岸对峙的奥义，唯存的实体

是他们之间奔流的河水。只心已如席般展开
平行的松枝，每一个尖端都与星辰相连。
多少夜雨下簌簌的湿矩，和星流顺服的音轨
经过肉身辗转。但松枝，那晚松枝听见了什么？

中年辞

◎阮宪铣

人到中年，就像置身在秋天
顿觉太阳迟暮的下落

安静的人开始把每一天都当作盛世
那么美好——
每一天都有黄昏、正午
都有干净清亮的早晨

如在春天，我不断
给新生的植物写诗，给路过的人祝福
说晨光里，小米粥满满一碗
太阳的温暖
天地四时的福报

说珍惜时间和自由，学着

做纯粹良善的人
想念亲人，喜欢花和草木
宽待遇见的人们

如果问为什么慈爱仁厚
我坦承，每次看见那么多
花一样飘落，落英满地
对生命的脆弱，我已没有太多信心
你应该把每一天视作末日来过

湖畔三问

◎叶菊如

芦笋破土而出，芦苇
不肯倒伏——和芦笋站在一起
它惭愧过自己的多余吗

滩涂的鱼虾留给鸟吃
渔民捕捞时，知道
飞到湖边的翅膀已筋疲力尽吗

候鸟北去，大湖惆怅
那座观鸟台，会相信
它的孤单曾经是我的孤单吗

山　丹

◎王芬霞

在山丹
我看到的是山丹花火红的花瓣
夕阳中，军马场的马蹄溅起的晚霞
一片片散落在了焉支山
焉支山
像刚刚涂上胭脂、抹上口红的少女
一声马嘶
被西凉飞来的燕子驮到了阳关
祁连山
高举着河西走廊对水的欲望

山丹花在草丛中跳跃
像万国博览会遗落的玛瑙
失去焉支山的匈奴
留下的歌谣如他们远去的背影
历史的古道
一阵马蹄踩碎了另一阵马蹄
一声叹息淹没了另一声叹息
山丹花
马蹄下泣血的花

回望山丹
她是一朵花
还是一座山
抑或
是一匹飞奔的马

写在纸上的名字

◎清水秋荷

把一个名字写在纸上
如果多看一会
她就会坐起来

再看一会，她就会说话，会走路
还会喊我：二丫

不能再看了
再看，我会流泪
名字也会

真的，她只剩一个名字了
也不是名字，而是
名字里的笔画……

写在纸上，是字

只有在我闭上眼睛时
她才是妈妈

椿

◎黄劲松

望春的人喜欢钻研一棵椿树的节奏
从它的枝干里发现生活
正在悄悄地抽芽。在时序的问候中
绿色的手臂有一个庄严的表达
它从我们的气候中，找到流水的丰美
在更高的地方，找到眼睛所寄居的生物
遥远是可以避免的，只要我们
担负着一匹季节的骆驼
从沙地走到抒情之根
走到地理所给予的面貌
那么，我们将停止跟随
与自己的脉搏在一起，向往乡村
以外的城市，在它的大街上
留下影子和农具。或者
我们顽固的植物学根基也会因此
而成为广大的追寻
在一切减少的眺望里
我们会遇到一片草坪
是它记录了技术之根

良　夜

◎阿成

一只灯笼挂在天上，一只
摁在水里。加上一条河流和两岸
青黛的群山，隐约的村落
岸边浓淡相间的树丛
寒凉的虫鸣和一两只萤虫的飞舞
构成了七月的良夜

这是三界相通的日子
有人祭祀
有人供奉
有人膜拜
香烟烛火搭就的桥飘忽陡峭

烟火中的诉说：无非思念
无非祈祷，无非告慰
生活还要回到
原来的状态：散步的人，垂钓的人
闲聊的人，遛狗的人
在路上走过
被天上和水里的月亮映照

白　露

◎赵之逵

用一地霜白
够不够唤醒你一时迷茫

小草，别把青丝弄乱
染黄，不要随意
让人读出你深藏于内心的悲欢

谁不是如此，走过了春
历经青涩，又走到冬寒

看看身边这棵三角枫吧
浑身都皱得不成树形了
也要手持千叶腮红，笑对秋霜

落红，惊艳了晨光
这样的谢幕，最绚烂